ullstein

## Das Buch

Ein Buch, das für Menschenrechte, Demokratie und Freiheit kämpft, aber auch für Demokratie. Ausgewählte Geschichten und Gedichte der Kreuzberger Lesebühne Lesedüne zu den Themen Überwachung, Schlafstörungen, Kannibalismus, Schwangerschaft, Jugendkulturen, Kängurus, aber auch zu ganz anderen Themen wie zum Beispiel Freiheit.

## Die Autoren

Die Lesedüne sind: Sebastian Lehmann, Marc-Uwe Kling, Julius Fischer, Maik Martschinkowsky, Kolja Reichert.

Siehe auch: www.leseduene.de

*Fischer, Kling, Lehmann, Martschinkowsky, Reichert*

# Über Wachen und Schlafen

Ullstein

Besuchen Sie uns im Internet:
www.ullstein-taschenbuch.de

MIX
Papier aus verantwortungsvollen Quellen
FSC® C083411

Lizenzausgabe im Ullstein Taschenbuch
1. Auflage Oktober 2015
2. Auflage 2016

Umschlaggestaltung: Roman Klein, www.romanklein.com
Illustrationen: Alexander Klein, Wiesbaden
Satz: LVD GmbH, Berlin
Druck und Bindearbeiten: CPI books GmbH, Leck
Printed in Germany
ISBN 978-3-548-37613-4

Das Augenlid, ich schlag es nieder
Es steht auf, ich schlag es wieder
*Ode an den Phlegmatismus*

# Vorrede zur deutschen Ausgabe

Sehr geehrte Käuferinnen und Käufer,

viele von Ihnen haben es vielleicht mitbekommen, einige haben es sicher in der Zeitung gelesen: Wir haben für dieses Buch den Friedenspreis des deutschen Buchenhandels sowie den Forstverband-Ostharz-Fortschritts-und-Nachhaltigkeits-Award gewonnen, und wir wollten an dieser Stelle noch einmal kurz sagen: Danke.

Diese Auszeichnungen sind sicherlich der Höhepunkt unserer Karriere. Wir danken den Mitgliedern beider Jurys für ihre mutige, mutige Entscheidung, ein Buch auszuzeichnen, das – gerade in diesen Zeiten der Spaltung in zwei politische Lager, in das rechte und in das ultrarechte – für Menschenrechte, Demokratie und Freiheit kämpft, aber auch für Demokratie. Eine kritische Publikation, die ganz klar sagt: »Folter ist wichtig, aber sie kann auch zu weit gehen.« Ein innovatives Manifest, das andeutet: »Selbstjustiz darf nicht jeder üben.« Ein wichtiges Werk, das vermutet: »Sicherheit ist nötig, aber Atombomben werfen ist meistens falsch.«

Gerne akzeptieren wir das freiheitlich-demokratische Votum der Jurorinnen und Juroren für dieses Skript, das sich einsetzt für die Menschenrechte, die Demokratie, aber auch für die Freiheit.

Widmen möchten wir unser Traktat dem großen Entdecker Alexander von Humboldt, unseren Jungs im Einsatz: der Müllabfuhr, dem Sparkassenkreisverband Nördlicher Breisgau, und im Besonderen auch der Europäischen Kommission in ihrem Kampf für die Menschenrechte, die Demokratie und die Freiheit, aber auch die Freiheit.

Maik Martschinkowsky

# FREUDE, SCHÖNER GÖTTERFUNKEN

Ich bin auf dem Amt. Arbeitsvermittlung. Es ist 9.15 Uhr, seit einer Stunde hänge ich in einer Plastikschale und döse vor mich hin. Einige Schalen weiter sitzt eine junge Mutter, deren »kleiner Schatz« immer wieder einen Feuerwehrwagen mit eingebauter Tatütata-Automatik zwischen und an meine Füße fahren lässt. Dann rennt er jedes Mal schreiend durch den Raum, um es zurückzuholen. Seine Mutter versucht verzweifelt, eine Zeitschrift zu lesen, unterbricht sich aber andauernd, um ihren »kleinen Schatz« zur Ruhe zu ermahnen.

Als mir das Spielzeug zum siebenten Mal an den Knöchel knallt, nehme ich den Wagen hoch und beuge mich zu dem Jungen runter, der mich verdutzt anschaut. »Psst!«, sag ich. »Ich will dir ein Geheimnis verraten.« Neugierig reckt mir der Junge das Ohr entgegen. Seine Mutter lächelt mich zustimmend an und nutzt den Augenblick, um in der Zeitschrift zu blättern.

»Hör mal«, wispere ich, »was du so toll findest an der Feuerwehr, ist nicht das Feuerwehrauto oder der Feuerwehrmann – sondern das Feuer.« Der Kleine guckt mich groß an. Ich gebe ihm ein Feuerzeug. Dann gebe ich ihm den Wagen zurück. Zwei Minuten später riecht es nach verbranntem Plastik.

Endlich: Bung – meine Nummer. Ich stehe auf und zwinkere dem Jungen, auf dessen Gesicht sich gerade bedrohlich der Schatten seiner Mutter abzeichnet, noch einmal zu.

Als ich die Tür von Raum 129 öffne, ist niemand da. Ich setze mich auf den Stuhl vor dem Schreibtisch. Nichts passiert.

Ich wippe nach vorne.

Ich wippe nach hinten.

Ich wippe nach rechts.

Ich wippe nach vorne.

Um mich selbst zu überraschen.

Dann wippe ich doch nach links.
Muss ja alles mal ausprobiert haben.
Ich wippe nach hinten.
Ich wippe nach vorne.
Ich wippe nach vorne.
Ich wippe nach vorne.
Ich lege meinen Kopf auf den Schreibtisch.
Ich träume von Obst.
Ich wache auf. Auf der anderen Seite des Schreibtischs sitzt jemand. Jemand räuspert sich.

»Mein Herr, was wollen Sie?«, murmle ich. »Mich auf meinen Beruf vorbereiten? Ich habe alle Hände voll zu tun!«

»Nu nehmse ma de Birne vom Tisch, schlafen könnse zu Hause, ham doch Zeit jenuch jetze.«

Ich wippe nach hinten.

»Seinse doch so jut, jebense mir Ihre Nummer und sagense mir Ihren Namen und Jeburtsdatum, bitte.«

»Äh … – Vierundachtzig. Siebenundzwanzig. Eins. Einundachtzig. Martschinkowski. Maik.«

»Könntense det vielleicht buchstabiern?«

»Vau ieh eh er …«

»Ick mein den Namen.«

»Em ah er teh es zeh ha ieh en kah äh … oh weh …«

»Herr Martschinkow?«

»Nee, es kah ieh.«

»Is dit der Vorname? Neskai?«

»Nee, Maik.«

»Also Maik Martschinkow – Neskai?«

»Nein, Martschinkow – es kah ieh.«

»Maik Martschinkow – ski?«

»Nein, nein, zusammen.«

»Maik Mart-schin-kow-ski.«

»Ja, ich glaub, so stimmt's.«

»Hm. Janich so einfach. Wat hamse denn jelernt, Herr Maschinkow?«

»Äh … was?«, frag ich und schüttle kurz den Kopf, um endlich wach zu werden.

»Na, könnse irjendwat?«, fragt der Mann und schaut auf die Papiere vor sich.

»Ich … äh … kann ganz gut … idealisieren kann ich ganz gut, glaub ich.«

»Wo hamse det jelernt?«

»Puh, also im Grunde hab ich mir das selber beigebracht …«

Der Mann legt den Stift nieder, den er grade gezückt hatte, verschränkt die Hände über dem Bauch und blickt mich väterlich an. »Hörnse mal, Herr Matschinkow«, sagt er, »Sie sind hier nich der Einzje, der 'nen Job sucht. Wennse arbeiten wollen, müssense uns schon 'n bisschen entjegenkommen.«

»Ach so.«

Ich wippe nach vorne.

»Also, hamse denn 'ne Ausbildung?«

Ich werfe mich in die Brust. »Ja. Ich bin – Philosoph!«

»Also keene Ausbildung«, sagt der Mann und notiert sich was.

»Moment, Moment«, sag ich, »ich hab neun Jahre lang studiert. Zehn, wenn man die nicht angerechneten Semester mitzählt. Ich bin total intelligent.«

Der Mann zieht eine Augenbraue hoch. »Und wat würdense jetz jern machen, wennse sich's aussuchen könnten?«

»Ich würd gern … Erdbeern verkaufen.«

»Sie würden jern Erdbeern verkoofen?«

»Ja. In so einer großen Erdbeere!«

»Sie ham neun Jahre studiert, und jetz wollense Erdbeeren verkoofen? Hab ick det richtich vernommen?«

»Ja. Ja, ja! Wissen Sie, das Faszinierende am Erdbeerenverkaufen ist nicht das Verkaufen – sondern die Erdbeere.«

Plötzlich heult der Feueralarm auf, und ein Wassersprinkler geht los. Der Mann schaut kurz nach oben und murmelt: »Na, ick gloob, ick weeß een, der jetze Feierabend hat.« Dann beginnt er in aller Ruhe, seine Tasche zu packen, setzt seinen Hut auf, nickt mir noch einmal freundlich zu und geht.

Ein paar Minuten später stehe ich an einer Absperrung vor dem Arbeitsamt, das lichterloh brennt.

Als ich mich umschaue, sehe ich den kleinen Jungen lachend und klatschend vor den Feuerwehrwagen umherspringen. Hinter ihm steht seine Mutter und blättert in ihrer Zeitschrift. Der Beamte von Zimmer 129 steht neben einem Feuerwehrmann. Beide schauen mit glänzenden Augen auf die Feuersbrunst. »Was tun, wenn's brennt?«, fragt der Beamte. »Brennen lassen«, sagt der Feuerwehrmann. Beide lachen.

Der Junge dreht sich zu mir um und grinst. Ich grinse zurück, schlendere nach Hause und summe »Freude, schöner Götterfunken«.

Julius Fischer

# ICH WERDE VERFOLGT

Seit geraumer Zeit.

In unseren Tagen nichts Besonderes eigentlich.

Jeder wird verfolgt, ständig.

Überall, wo man ist, rennen einem Flashmobs hinterher, Ed-Hardy-tragende Jugendbanden, Leute, die einfach nur denselben Weg gehen wie man selbst, Polizisten, Leute, die einen für den Sohn von Gérard Depardieu halten, Abo-Jäger, Krankenschwestern, die versuchen, einen ins Zimmer zurückzubringen, weil man im Voroperationsrausch auf den Gang getorkelt ist, bekleidet mit einem Hauch von nichts.

In den seltensten Fällen kommt es vor, dass einen wirklich jemand verfolgt, und selbst dann ist es zu 90 Prozent ein Straßenkünstler, der einen nachmacht.

Ich aber werde verfolgt, in keiner der geschilderten Situationen, sondern in einer Wüste, vielmehr von einer Wüste.

»Was meint er denn damit?«, fragt sich der ein oder andere.

»Scheißpoesie!«, werden die denken, die nicht denken.

Ich erkläre es trotzdem.

Es kommt manchmal vor, dass man bestimmte Umstände nicht mehr erträgt. Zu lange an einem Ort zu sein macht manchen Zeitgenossen so missmutig, dass er beginnt, seine Möbel anzuschnauzen: »Ohhh, ich bin ein Tisch. Ich stehe, guck, was für ein Tisch ich bin.«

Das Gefühl des Verfolgtwerdens basiert also auf der Wiederholung bestimmter Abläufe, die in der Regel nervig sind.

Man sieht eine Wüste, klasse, die Wüste, denkt man, und so große Dünen. Aber spätestens wenn im Kamelhöcker, in den man einen Katheter reingesteckt hat, kein Wasser mehr drin ist und man einfach nichts anderes sieht als Sand, beginnt der Wunsch nach einer Oase oder einem Pepsi-Stand in einem zu wachsen wie das Kind im Bauch einer Frau.

Wenn dieses Kind dann das erste Mal weint, jubeln alle. Wenn es das nach geraumer Zeit immer noch tut, werden Aussetzungspläne und Weidenkörbchen geknüpft.

Zu lange eine gewisse Tätigkeit auszuüben oder einem Umstand ausgesetzt zu sein lässt einen abstumpfen. Man verliert die Lust am Denken, wird depressiv und schlägt seine Kinder.

Die denken vielleicht beim ersten Mal noch: »Au, das tut weh. Ist aber mal was anderes, als immer nur Eis gekauft zu bekommen.«

Denn Kinder finden am Anfang erst einmal alles spannend.

Beim zweiten Mal sind sie schon klarer in ihrer Aussage: »Au, das tut weh.«

Spätestens nach dem dritten Mal ist ihre Seele so verdunkelt, dass sie depressiv werden und andere Kinder schlagen.

Eine Kettenreaktion, an deren Ende meist Leute wie ich stehen.

Nur dass ich jetzt natürlich nicht von anderen Kindern geschlagen werde. Die Methoden der Menschen, sich – bewusst oder unbewusst – durch mein Nervenzentrum zu bohren, sind weitaus subtiler.

Ein sehr gutes Beispiel ist Popmusik. Durch die ständige, also stündliche, Wiederholung im Radio wird das Ohr an den Song gewöhnt, synthetisch wird da Qualität erzeugt, allein durch Dominanz. Zuerst findet man ihn doof, dann mittel, und spätestens nach zwei Tagen brummt man ihn beim erstbesten Discobesuch laut mit: *I kissed a girl and I liked it …*

Es muss im Übrigen auch heißen: I liked a girl and I kissed it, schon allein wegen des Anstandes.

Sollte man die so geküsste Frau in der Folge heiraten wollen, kann man nur hoffen, dass weder die eigenen Freunde noch die Freundinnen der Frau auf die Idee kommen, einen Junggesellen- respektive Junggesellinnenabschied zu veranstalten, denn diese verunstalten die Vergnügungsmeilen der Städte weit mehr, als es – sagen wir mal – die Hunnen unter Attila könnten. Ich würde einem Kind heutzutage nicht mehr raten: »Finger weg von Drogen!«, weil die womöglich das einzige Mittel sind, den durch Menschenmengen mäandernden Mädchengruppen mit Bauchläden voller Schnaps und schlechten Spielen etwas Positives abzugewinnen. Von den Männergruppen, die sich verhalten wie Wehrmachtssoldaten, mal ganz zu schweigen.

Kann die Stadtverwaltung nicht mal was dagegen tun? So einen Ort einrichten, wo nur Junggesellenabschiede reindürfen, ähnlich einem Kindergarten oder so?

Ansonsten sind doch Stadtverwaltungen auch zu allem fähig. Ein Riesenapparat, der nur damit beschäftigt ist, zu wachsen.

Nicht zuletzt die Tatsache, dass vor kurzem ein Hubschrauber auf der Kreuzung vor meinem Haus landete, nur um die Stadtreiniger einzusammeln, die Blätter zusammenfegten, die der Helikopter aufgewirbelt hatte, lässt mich an ein verwaltungstechnisches Perpetuum mobile denken.

Verwaltung schön und gut, aber wie viele Leute sind mit der Organisation von Organisationen betraut? Jeder Beamte braucht einen Beamten, der ihn kontrolliert, und diese Beamten brauchen wieder jemanden, der sie verwaltet, und diese Beamten haben einen Chef, der eigentlich das Volk ist, aber nur auf dem Papier, eigentlich werden alle Beamten vom Papst oder von Nestlé regiert.

Man muss keine helle Leuchte sein, um das herauszufinden.

Man muss auch nicht besonders paranoid sein, um sich von so etwas verfolgt zu fühlen.

Die Kontrolle ist nicht geheim, und wenn etwas nicht geheim ist, ist es öffentlich.

Es gibt kein Schicksal, es gibt Strukturen. Man muss diese Strukturen nur auszunutzen wissen, dann hat man nahezu unbegrenzte Möglichkeiten, wie die katholische Kirche oder Hitler.

Aber ich bin weder das eine noch das andere.

Ich möchte gar nicht wissen, in welche Fußstapfen ich da gedanklich reintrete, das würde mich nur noch mehr deprimieren, denn durch die Wüste, durch die ich gehe und die sich um mich herum kaum verändert, eine Düne, eine Düne, und da hinten … neee, eine Düne, will ich wenigstens in meinem Kopf als Erster gegangen sein.

Als Kind reißt man vielleicht noch die Augen auf, weil der Straßenkünstler einem hinterherläuft, aber wenn er das dann irgendwann zum dritten Mal gemacht hat und man merkt, er macht es immer gleich, dann weicht doch jeglicher Zauber.

Ich werde verfolgt, von all diesen Wiederholungen, von den Gedanken, die sich daran anschließen, und komme da nicht mehr raus.

Insofern erschien mir folgende Begebenheit als von der Norm abweichend äußerst erfrischend: Ein Busfahrer, aufgrund von wahrscheinlich alkoholbedingtem Rekonvaleszententum mit einem Kontrollbeamten bedacht, fuhr neulich einem parkenden Auto den Spiegel ab.

Sein Verkehrsbetriebsbetreuer im Bus sagte: »So, jetzt ist Schluss.«

Ein Satz, in dessen Tiefe man nach einer Geschichte graben wollte.

Der Mann drehte sich daraufhin zu den Fahrgästen um und sprach im korrektesten Beamtendeutsch: »Werte Fahrgäste, aufgrund eines Unfalls kann die Fahrt leider nicht fortgesetzt werden. Bitte steigen Sie aus und nutzen Sie den nachfolgenden Bus.«

Und alle riefen: »Neee, ein Unfall? Echt? Wann ist das denn passiert?«

Und ich stieg aus und war glücklich, auch deshalb, weil es meine Haltestelle war.

Meine Wüste war um eine Farbe reicher.

Der Busfahrer raunte vor sich hin: »Das verfolgt mich, echt.«

Ich drehte mich um, um ihm ein freundliches Gesicht zu zeigen, ist ja auch ein nicht alle Tage bekömmlicher Standard, und ich sah eine Gruppe von Stadtreinigern, die sich sofort anschickten, die Unfallstelle abzusichern, während im Hintergrund ein Hubschrauber im Schein der untergehenden Sonne auf meiner Kreuzung landete, begleitet von der Melodie des Songs *I kissed a girl and I liked it*, welche aus den Kehlen eines vorbeikommenden Junggesellinnenabschiedes drang, der von einer Gruppe Straßenkünstlern verfolgt wurde, die zu allem Überfluss als katholische Ablassbriefverkäufer verkleidet waren.

True story!

Sebastian Lehmann

# DIE ZEIT

Ich sitze in der Unibibliothek und lerne für meine letzte Magister-Prüfung. Lernen ist für mich eine überaus schwierige Angelegenheit, denn es müssen sehr viele, sehr komplexe und über neunzehn Semester fein ausgetüftelte Vorbereitungen getroffen werden, damit ich überhaupt in so etwas wie »Lernstimmung« komme.

Folgende Faktoren müssen zusammenkommen, dass überhaupt an Lernen gedacht werden kann. Leider widersprechen sie sich teilweise:

1. Ich brauche absolute Ruhe.
2. Absolute Ruhe macht mich wahnsinnig, also sollte am besten ein kleiner Wasserfall eine beruhigende Hintergrundgeräuschkulisse bilden, es geht auch wahlweise eine Walgesänge-CD.
3. Ich kann nur in einer vertrauten Umgebung lernen.
4. In einer vertrauten Umgebung lasse ich mich zu schnell ablenken.
5. Ich darf auf gar keinen Fall Zugang zum Internet haben.
6. Längere Zeit ohne die Möglichkeit, meine Mails zu checken, macht mich wahnsinnig.
7. Wenn ich wahnsinnig bin, kann ich mir nichts merken.
8. Ich brauche immer ausreichend Schokolade (am besten Ritter Sport Joghurt, zur Not geht auch Yogurette. Das allerdings nicht, wenn ich in der Bibliothek lerne, weil sonst alle denken, ich würde darauf achten, nicht dick zu werden, und nur deshalb so komische Mager-Schokolade essen).
9. Ich brauche sehr, sehr, sehr viel Cola.
10. Cola hat sehr, sehr, sehr viele Kalorien, und das macht mich wahnsinnig.

Ich schaue mich um. Die Unibibliothek ist voll mit Lernenden, die tief gebeugt und still über ihren Büchern hängen. Ich habe heute noch nicht so viel gelernt, aber immerhin diese Liste geschrieben. Und ich bin wirklich gut vorbereitet:

Vor mir liegen mein Laptop, drei Stapel Bücher, mehrere wirr vollgeschriebene Zettel, vier Kulis, sieben Bleistifte, neunzehn Colaflaschen, vier Packungen Ritter Sport Joghurt (darunter ist zur Sicherheit noch eine Packung Yogurette versteckt), ein Foto meiner Freundin, als sie drei Jahre alt war, weil das die anonyme Bibliothek vertraut macht (siehe Punkt 3). Deswegen habe ich auch noch drei Kinderfotos von mir, einen Wackeldackel aus dem Auto meiner Eltern und die Urne meiner verstorbenen Oma vor mir aufgereiht.

Zufrieden blicke ich mich um. Neben mir sitzt ein Chinese, auf dessen Tisch nur ein sehr dickes Buch liegt, in dem er versunken liest. Daneben stehen ein Laptop und eine leere Wasserflasche. Seit ich hier sitze – also schon mehrere Stunden –, hat er noch nicht von dem Buch aufgeschaut. Immer diese Chinesen. Kein Wunder, dass die bald die Weltmacht Nummer eins werden. Ich google sofort »China« und »Weltmacht«. Es gibt 4.579.898 Treffer. Ich denke an Punkt 5 auf meiner Liste: Ich darf auf gar keinen Fall Zugang zum Internet haben.

Schnell checke ich meine Mails. Dr. DingDong schreibt, er hätte da solche Vergrößerungspillen im Angebot, und fragt, ob ich ihm welche abkaufen möchte. Während ich die Mail dreimal gründlich durchlese, esse ich die Yogurette auf. Ist mir doch egal, der Chinese neben mir kennt bestimmt eh keine Yogurette. Schreibe Dr. DingDong zurück, dass ich leider mit Lernen zu beschäftigt bin und seine Pillen deswegen nicht kaufen kann.

Dann trinke ich zwei Flaschen Cola.

Ich lege meine CD mit Walgesängen in den Computer ein und höre mit Kopfhörern ein bisschen Walgesänge. Blöderweise kenne ich die CD schon auswendig und kann sogar schon einzelne Wale unterscheiden. Das macht mich wahnsinnig. Ich nehme die Kopfhörer wieder ab und blicke mich um. Der Chinese ist immer noch in seine Bücher vertieft, ohne sich auch nur einen Zentimeter bewegt zu haben. Der Chinese macht mich auch wahnsinnig.

Ich trinke noch eine Flasche Cola in einem Zug aus und bekomme langsam ein schlechtes Gewissen. Ich nehme eins der

Bücher von meinem Stapel und vertiefe mich darin. Ich lese einen Absatz aus Michel Foucaults Abhandlung *Wahnsinn und Gesellschaft*. Dann lese ich den gleichen Absatz noch mal, weil ich kein Wort verstanden habe. Dann lese ich den nächsten Absatz, obwohl ich auch beim zweiten Lesen den ersten Absatz immer noch nicht verstanden habe. Verstehe auch den zweiten Absatz nicht.

Ich blicke wieder auf. Es sind genau drei Minuten und dreißig Sekunden vergangen, seit ich angefangen habe zu lesen. Dabei kam es mir wie eine Ewigkeit vor. Ich finde das unfair: Wenn ich Dinge tue, die mir Spaß machen, vergeht die Zeit immer wie im Flug. Beim Schlafen zum Beispiel. Kaum bin ich eingeschlafen, wache ich schon wieder auf, und fünfzehn Stunden sind vorbei. Oder beim Sex: Da fühlen sich die drei Minuten und dreißig Sekunden Sex auch immer genauso kurz an, wie sie sind.

Ich könnte also die Zeit bis in die Unendlichkeit dehnen, denke ich, wenn ich mein ganzes Leben lang nur in der Uni sitzen und Foucault lesen würde. Eigentlich bin ich unsterblich. Ich habe die Zeit besiegt. Yeah! I'm out of time! Der Chinese neben mir ist auch unsterblich. Er wird immer da sitzen und nie sterben.

Schnell nehme ich wieder das Foucault-Buch in die Hand und lese den nächsten Absatz. Ich lese und lese, dann blicke ich wieder auf die Uhr. Zwei Minuten und zehn Sekunden vorbei. »Ha«, lache ich laut auf, »es klappt!« Ich tippe dem Chinesen mit meinem Finger auf die Schulter und flüstere ihm zu, dass wir jetzt beide unsterblich sind – wie Vampire. Aber der Chinese reagiert nicht. Wahrscheinlich gibt es in China keine Vampire.

Ich lese weiter. Dann denke ich liebevoll an meinen Posteingang. Vielleicht hat Dr. DingDong ja geantwortet. Dieser Gedanke macht mich wahnsinnig. Ich zwinge mich, zwei weitere Absätze zu lesen, denke aber nur noch an meinen Posteingang und nehme gar nichts mehr auf. Ich halte es nicht mehr aus und checke schnell meine Mails. Es ist tatsächlich eine gekommen. Ich lese sie wieder gründlich durch. Dieses Mal ist es eine von Amazon. Amazon empfiehlt mir Martin Heideggers *Sein und Zeit* zu kaufen und auch die neue Yogurette Aloe-vera-Erdbeer-

Mango-Sellerie. Ich erschrecke ein wenig, dass mich das Internet so gut kennt, aber dann google ich schnell »Heidegger isst eine Yogurette« und schaue, was passiert. Dabei trinke ich noch eine Flasche Cola und esse die restliche Schokolade. Schließlich fällt mein Blick auf die Uhr. Es sind drei Stunden vergangen.

So werde ich nie unsterblich werden wie der Chinese neben mir. Die Zeit ist stärker als ich. Und jetzt habe ich nicht mal mehr Schokolade übrig. Ich beschließe, für heute mit dem Lernen aufzuhören, sitze ja auch schon seit neun Stunden in der Bibliothek. Ich packe alle meine Sachen zusammen, was noch mal eine Stunde dauert.

Beim Aufstehen stoße ich aus Versehen mit meinen riesigen Taschen den Chinesen neben mir an. Ich entschuldige mich, aber der Chinese reagiert nicht. Ich stupse ihn leicht am Hinterkopf an, aber er reagiert immer noch nicht, sein Oberkörper wippt nur leicht nach vorne, mit der Nase noch tiefer in sein Buch hinein.

Vielleicht ist er tot, denke ich. Ich gehe ganz nahe an sein Gesicht heran und höre ein leises Schnarchen und sehe auch erst jetzt, dass seine Augen geschlossen sind. Der also auch.

Beruhigt gehe ich nach Hause und besaufe mich.

Marc-Uwe Kling

# DIE HYDRA

## (oder: »Ich bin Herakles!«, sprach Herakles)

Zur Hydra, der neunköpfigen Schlange, schlich
Herakles, das Schwert im Gewande.
Zu richten das Monster, das widerlich
mit seinem Terror beherrschte die Lande.

Mit bebender Stimme rief er die Hydra an:
»Zeig dich und hör meine Beschwerde!«
Ein langer Hals mit einem fast hübschen Kopf daran
schob sich aus dem Loch in der Erde.

»Ich bin Herakles!«, sprach Herakles.
»Sohn des
Zeus.
Kumpel von Prometheus,
dem Erfinder des Feuers!«
»Vielen Dank für Ihren Besuch!
Wie kann ich Ihnen behilflich sein?«, fragte der Kopf des
Ungeheuers.

»Ich habe lange schon das Gefühl,
eine Schlange an meinem Busen zu nähren.
Ich sag es kurz, ich fass mich kühl:
Ich bin gekommen, mich zu beschweren!«

»Oh!«, antwortete der Schlangenkopf wendig.
»Dafür bin leider nicht ich zuständig.
Haben Sie sich schon an die Stelle dort drüben gewandt?«
Ein Klicken im Geröll, und der Kopf verschwand.

Und Herakles, dieser tapf're Mann,
ging zur gewies'nen Stelle, rief wieder an:
»Zeig dich und hör meine Beschwerde!«
Ein neuer Kopf schob sich empor aus der Erde,
schlängelte sich fest wie ein Vertrag um des Helden Bein.
»Vielen Dank für Ihren Besuch! Wie kann ich Ihnen behilflich sein?«

»Ich bin Herakles!«, sprach Herakles.
»Sohn des
Zeus.
Kumpel von Prometheus,
dem Erfinder des Feuers!«
Fast mechanisch klang die Replik des Ungeheuers:
»Wenn Sie schon länger Held sind in unseren Landen
und es noch zwei weitere Jahre sein möchten, sagen Sie jetzt bitte
›Einverstanden‹.
Oder handelt es sich bei Ihnen um einen Neuhelden?
Dann sagen Sie jetzt bitte ›Anmelden‹.«

»Weder noch!«, rief Herakles. »Ich will mich rächen!«
»Eingabe nicht verstanden«, sagte die Hydra. »Bitte deutlicher sprechen.
Wenn Sie schon länger Held sind in unseren Landen
und es noch zwei weitere Jahre sein möchten, sagen Sie jetzt bitte …«
»Einverstanden!«, rief Herakles. »Nur hör meine Beschwerde!«
»Einen Moment«, sprach der Kopf und verschwand in der Erde.

Lange wartete Herakles vor des Monsters Domizil
– aus der Höhle drang Easy-Listening-Leierspiel –,
die Sonne ging unter, der Tag schon zu Ende,
und er bekam das Gefühl, dass er nur seine Zeit verschwende.
Doch das Orakel in der Schleife hatte ihm prophezeit,
der nächste freie Schlangenkopf stünde für ihn bereit …

Und plötzlich blitzten zwei Schlangenaugen im Dämmerschein.
»Vielen Dank für Ihren Besuch! Wie kann ich Ihnen behilflich sein?«

»Äh … na ja … äh … wie schon gesagt,
ich kam, mich zu beschweren …«
»Ja, aber wer sind Sie denn überhaupt?
Das müssten wir doch zuerst einmal klären.«

»Ich bin Herakles!«, rief Herakles.
»Sohn des
Zeus.
Kumpel von Prometheus,
dem Erfinder vom Feuer!«
Der Kopf verschwand, und es erschien ein neuer.

»Ich bin Herakles!«, schrie Herakles.
»Sohn des
Feuers.
Vater von Zeus,
Held dieses Abenteuers!«

»Aha. Haben Sie vielleicht Ihre Heldennummer zur Hand?«
»Was?«, fragte Herakles, der nicht verstand.
»Na, ziehen Sie doch mal Ihr Schwert aus der Scheide.
Dort müsste sie stehen, ganz oben, an der Schneide.
Und verzeihen Sie, dass ich Sie damit behellige.«
»Welche davon ist es?« – »Die siebenstellige.«

»Null, null, null, null, null, null, eins!«
»Herr Herkules«, sprach die Schlange.
»Nein, Herakles!«, rief Herakles bange
und schon lange am Ende seines Lateins.

»Ach, das konnte ich ja nicht riechen!«,
sprach die Hydra. »Um Griechen
kümmert sich diese Stelle dort.«
Es klickte, und schon war sie fort,
hörte Herakles nicht mehr fluchen:
»Diese Stelle bat mich doch, Sie aufzusuchen!«

»Ich bin Herakles!«, sprach Herakles
also erneut an alter Stelle.
»Sohn des
Zeus.
Kumpel von Prometheus.
Heldennummer: null, null, null, null, null, null, eins!«
Doch wieder nur die Frage zwecks des Behilflichseins.

Da zog Herakles sein Schwert, voll Leid, voll Kummer,
damit Blut verwische die Heldennummer.
SWUSCH
Der Schlangenkopf verlor die Verbindung zum Rumpf.
Triumph, Triumph!
Doch zu Herakles' unermesslichem Grauen
musste er nun in zwei Paar Augen schauen.
Ja, für jeden Kopf, den er abschlug, wuchsen zwei neue.
»Vielen vielen Dank Dank für für Ihre Ihre Treue Treue!«

»Ich bin Herakles!«, schrie Herakles,
und im Exzess
verbrannte er mit seines Kumpels Erfindung der Hydra Wunden.
Doch Brandstiftung gehört leider nicht zu den Rechten des Kunden.
Tatü, tatar.
War ja klar.
Es eilt herbei
die Polizei
und beschützt die Tyrannei.

»So endet es immer«, spricht der Dichter.
»Den Helden führt man vor den Richter,
macht ihm kurzerhand den Prozess.«
»Nennen Sie uns bitte Ihren vollständigen Namen fürs Protokoll.«
»Ich war Herakles ...«

Kolja Reichert

# PROBANDEN

Vor einem Werbeplakat stehen zwei Klone und lesen im Chor:

*»Jeder kann Proband sein! Probanden testen heute die Arzneimittel von morgen. Wir suchen für klinische Studien gesunde Männer und Frauen zwischen 8 und 88 Jahren.«*

»Krass, Mann«, sagt der eine Klon zu dem anderen Klon, »gib mal dein Handy, da bewerb ich mich, Proband sein, voll gut.«

*»Jeder kann Proband sein!«* Das ist jetzt also das Versprechen der Stunde.

In den Neunzigern hieß es noch: *»Jeder kann Aktionär sein!«*

Später dann: *»Jeder kann ein Star sein!«*

Ab 2001 ging das nahtlos über in: *»Jeder kann Terrorist sein!«*

Wie lautete das Versprechen der Achtziger? Vielleicht: *»Jeder kann verstrahlt sein! (Wenn er bei Ostwind im Sandkasten spielt!)«*?

*»Jeder kann Proband sein!«* – In der Postarbeitsgesellschaft ist das nicht das schlechteste Jobangebot: zwei Wochen rumliegen, endlich mal den *Zauberberg* zu Ende lesen und dafür noch Geld bekommen. Lassen Sie Ihren Körper für Sie arbeiten!

Und nebenbei streitet man auch noch auf der Seite der Zukunft: *»Proband sein bedeutet, soziale Verantwortung wahrzunehmen und an der Verbesserung lebenswichtiger Medikamente mitzuwirken«*, betont die Website des Unternehmens Parexel, weltweiter Marktführer in der neben der Sicherheitsindustrie letzten großen Wachstumsbranche, der Gesundheitsindustrie, den *social benefit*[1]. Und für Spannung ist auch gesorgt, weiß doch niemand sicher, wie der Test ausgeht.

*»Raste Khan fühlt sich wie der Hölle entronnen. Der Proband berichtet von einem Medikamententest mit dem neuen Biotech-Medikament TGN1214 des Würzburger Pharmaherstellers TeGenero: ›Es war die Hölle. Zuerst begannen sie sich die Hemden vom Leib zu reißen. Dann schrien einige, dass ihre Köpfe zu explodieren drohten. Dann fielen sie in Ohnmacht, erbrachen sich, krümmten sich in ihren Betten. Dabei liefen*

1 http://www.probandsein.de/, abgerufen am 9. 1. 2012

*ihre Augen aus.‹«*[2] *Die Freundin eines Patienten berichtete, der 28-Jährige sei völlig aufgedunsen und sehe aus ›wie der Elefantenmensch‹. ›Er ist völlig leblos. Er kann nicht einmal die Augenlider bewegen.‹«*[3]

Die Firma TeGenero, die Parexel mit dem Test beauftragt hatte, erklärt dazu: »*Wir sind am Boden zerstört über diese schockierenden Entwicklungen, die völlig unvorhersehbar waren.*«[4]

Journalist Brian Deer schreibt in der London Times: »*Vertrauliche Dokumente zeigen, dass das Medikament fünfzehnmal schneller verabreicht wurde als in vorangegangenen Studien an Affen.*«[5]

»*Mehrere offizielle Untersuchungen zeigten später, dass sich alle Beteiligten inklusive Parexel korrekt verhalten hatten, da alle Sicherheitsvorschriften eingehalten wurden*«, schreibt die Firma Parexel in der englischsprachigen Wikipedia.[6]

»*Jeder kann Proband sein!*« – das heißt: Jeder kann dabei sein. Fast.

User »housetier« berichtet in einer Online-Community für Probanden von einem Informationsgespräch bei Parexel: »*Die Ärztin erklärte, dass man eine gewisse Zeit vor und während der Studie bestimmte Sachen nicht zu sich nehmen darf. Unter anderem Schokolade, Mohn, Alkohol, Koffein, Milch, Fleisch, Gemüse, Obst, Getreide und Wasser. Nun fragte ich nach der Frist einer anderen Substanz. Die Antwort war empörend: ›Wenn Sie so fragen, werden Sie sowieso nicht angenommen!‹«*[7]

Darauf entgegnet Userin T-Punkt:

*»ich habe bei Parexel , immer nur gute erfahrungen gemacht ! die ärtze sind immer gut drauf , und immer um ihr wohl bedacht .ich kann jedem nur empfehlen , auch mal da vorbei zu schauen , um mal*

---

2 http://www.tagesspiegel.de/zeitung/explodierende-koepfe/693840.html, abgerufen am 5.1.2012

3 http://www.tagesspiegel.de/weltspiegel/medikamententest-probanden-in-lebensgefahr/693782.html, abgerufen am 5.1.2012

4 http://www.tagesspiegel.de/zeitung/explodierende-koepfe/693840.html, abgerufen am 5.1.2012

5 http://briandeer.com/tgn1412-1.htm, abgerufen am 5.1.2012

6 http://en.wikipedia.org/wiki/PAREXEL, abgerufen am 5.1.2012

7 http://nrrd.de/dasbuch/housetier/parexel_eine_fehlgeschlagene_studie, abgerufen am 5.1.2012

*zu versuchen an eine studie dran teilzunehmen . vom finanzielen , ist es eine gute sache. und vom ethischen erst recht .*

*irgendwer muss ja helfen bei der forschung mitzuhelfen.*

*ich kann nur sagen ich habe meine erfahrungen , bei parexel in berlin . nicht von erfahrungen gemacht die 1 studie zu 1er woche beträgt .*

*sondern bin da schon ca. 18 jahre , habe ca. 22 studien gemacht , (viele lanzeit studien) , die bis zu 40ig tage gehen . und muss sagen , das es mir da echt gut gefällt , wie man da behandelt wird.*

*ich muss jetzt leider aufhören, weil mein auge läuft schon wieder aus.*«[8]

Die sich unaufhaltsam umkehrende demographische Pyramide zeigt eindeutig die Richtung an: Wir befinden uns im Übergang von einer Casting- in eine Probanden-Gesellschaft. Menschen unter 30 werden künftig nur noch gebraucht, um Medikamente für über 60-Jährige zu testen.

Der Siegeszug der Horizontalen steht an: Bringt mir eure Müden, eure Armen, eure geknechteten Massen. In der Industriegesellschaft schufteten sie in den Fabriken und darbten in Spitälern: ineffektiv. In der Probanden-Gesellschaft fusionieren die Institutionen von Produktion und Verwahrung: Die Manufaktur des 21. Jahrhunderts ist das Krankenhaus. Aufgebahrt werden sie liegen in langen Fluren, Bett an Bett, die Leistungsträger von morgen, erleuchtet vom fahlen Licht ihrer Touchpads, auf denen sie mit ihren kranken Verwandten skypen, die in der Station nebenan auf jene Heilmittel warten, die sie gerade testen. Die Casting-Industrie findet so im Joint Venture mit der Pharmaindustrie und der Gesundheitspolitik zu ihrer Vervollkommnung, im direkten Zugriff auf die Körper per Pille und Chirurgenbesteck.

»Voll geil, mach da mit bei dem Casting«, sagt der eine Klon zu dem anderen Klon, »ich hab da auch schon oft mitgemacht, irgendwas mit Gehirn, man merkt echt überhaupt *nchrrrrrrsssssss-stk-tk-tk-chrrrrrrrr*gendwas mit Gehirn, man merkt echt überhaupt nix und … Scheiße, wo ist mein Fuß?«

Früher wollten Jugendliche in einer Band spielen. Heute wollen sie Pro*band* werden. »*Deutschland sucht den Superprobanden!*

---

8 ebd., abgerufen am 25.1.2010

*Die neue Reality-Show. Werde Teil der Probanden-WG und teste live vor der Kamera die Medikamente von morgen!*«[9]

»housetier«, sagt der Jury-Vorsitzende Gunther von Hagens bei der wöchentlichen Besprechung, »du siehst schlecht aus. Woher kommen diese gelb suppenden, dampfenden und stinkenden Pickel in deinem Gesicht?«

housetier lässt den Kopf hängen. »Weiß ich nicht, Doktor.«

»Dir ist schon klar, dass wir das Risiko nicht tragen können, dich weiter in der Sendung zu halten, oder?«

In housetiers Augen stehen die Tränen.

»Bist du traurig, housetier?«, fragt von Hagens.

»Nein, nein. Mir geht's gut. Nur mein Auge läuft schon wieder aus.«

Die BILD meldet: *»100 Tage in der Probanden-WG: T-Punkt schafft sie alle. Jetzt wird T-Punkt (23) Starproband bei der neuen Sendung ›Ich bin ein Proband – Schneidet mir was raus!‹«*[10]

»T-Punkt«, sagt Jurymitglied Doktor Alban, »ich habe eine gute und eine sehr gute Nachricht. Welche willst du zuerst hören?«

»Erst die gute«, lächelt T-Punkt unter ihrem türkisfarbenen Schnauzbart tapfer, winkt mit einem Auge und wackelt mit den neuen Pferdeohren. Das Publikum rastet wie immer aus.

»Gut, T-Punkt«, sagt Dr. Alban. »Also, unser Sponsor will eine neue Therapie ausprobieren. Und du bist der Star! Wir werden dir die Lunge rausnehmen, und wir sind alle sehr gespannt, ob das funktioniert. Jetzt die sehr gute Nachricht: Deine Lunge steht nächste Woche auf Platz eins der deutschen Single-Charts mit dem Cover meines Hits *It's My Life.*«

---

9 Werbung

10 www.bild.de, abgerufen am 17.1.2014

Sebastian Lehmann

# MEINE JUGENDKULTUREN 1–3

## 1 Wie ich einmal Skater war

»Aua«, sagt mein Skater-Freund Florian, den alle nur Flame Flo.w nennen, weil er auf sein Skateboard eine Flamme gesprayt hat. Flame Flo.w ist gerade mit seinem Board die drei Stufen vor unserer Schule runtergeskatet, hat sich aber mit seiner überweiten Baggy-Hose im Geländer verfangen und ist wie immer mit dem Kopf voraus auf den Asphalt geknallt. Jetzt bin ich dran. Auch ich verfange mich mit meiner Hose und knalle mit dem Kopf auf den Asphalt. Da liegen ja auch schon meine anderen Skater-Freunde Ingo und Dirk.

Die weiten Klamotten stören aber nicht nur beim Skaten, auch das normale Gehen gestaltet sich schwer, ständig verliere ich meine Hose oder die riesigen Schuhe, die ich fünf Nummern zu groß gekauft habe. Oder ich trete aus Versehen auf mein XXXXL-T-Shirt und falle um. Wir brauchen gar nicht zu kiffen, wir wirken auch so schon verspult genug.

Nach der Schule gehen wir wie immer zur Halfpipe, um zu skaten. Leider können wir jetzt alle nicht skaten, weil wir uns beim Skaten alle was gebrochen haben. Florian hat sich sein Bein gebrochen, Ingo sein Nasenbein, ich mein Schlüsselbein und Dirk, der Arme, beide Arme.

Zum Glück können wir noch sprayen (also alle außer Dirk). Ständig tragen wir riesige Eastpak-Rucksäcke auf dem Rücken, gefüllt mit allen Farben. Leider sind die echten Skater-Spraydosen so teuer, dass wir von Dirks kleinem Bruder Fingermalfarben geklaut haben. Damit malen wir heimlich die hintere Wand der Garage von Florians Eltern an, bis seine Mutter nach Hause kommt und uns auch das verbietet.

Daraufhin beschloss ich, mich vom Skaten abzuwenden, und wurde Punker.

## 2 Wie ich einmal Punker war

»Hey, haste mal 'ne Mark«, haut Zecke einen Passanten an, der gerade in den Penny-Markt gehen will. Wir lungern vor dem Penny rum, hören die Sex Pistols aus einem alten Ghettoblaster und schreien Lilly an, den Pudel von Dirks Mutter, dem wir einen Iro rasiert haben. Außerdem schnorren wir Kleingeld, um uns noch mehr Oettinger-Biere zu kaufen. Wir könnten das Bier auch von unserem Taschengeld bezahlen, finden aber, das wäre dann nicht *punk* genug, wir müssen uns unser antifaschistisches Bier schon hart erarbeiten.

Leider traut sich außer Zecke keiner, Passanten anzuhauen, deswegen haben wir jeder erst ein Bier getrunken und müssen besoffen spielen. Außerdem kommt ständig irgendeine Mutter von uns Punkern vorbei, weil sie im Penny einkaufen will, und wir müssen uns hinter den Einkaufswagen verstecken, damit sie nicht sieht, dass wir rauchen, und uns deswegen unser Taschengeld gekürzt wird.

Von dem müssen wir nämlich unsere teuren Springerstiefel und die Ärzte-Poster bezahlen. Zum Glück ist es einfach, sich Punkerklamotten zu besorgen. Wir schneiden einfach ganz viele Löcher in unsere normalen Jeans und pappen St.-Pauli-Aufnäher auf unsere weißen Benetton-Pullis.

»Oh Mann«, sagt da Zecke, der eigentlich Ingo heißt, »ihr müsst auch mal schnorren. Kröte, hilf du mir doch wenigstens mal.«

»Ich heiß nicht Kröte«, sagt Florian, »ich bin Spinne.«

»Stimmt«, sage ich, »ich bin doch Kröte.«

»Und wer bin dann ich?«, fragt Dirk. »Ich will auch einen Punknamen.«

»Dein Punkname ist Dirk«, sagt Zecke, »der ist schon beschissen genug.«

Dirk beginnt zu weinen, aber da kommt Florians Mutter, und wir müssen uns hinter den Einkaufswagen verstecken, damit sie nicht sieht, dass wir rauchen. Leider fängt in diesem Moment Lilly an, wie wild zu kläffen, und Flos Mutter entdeckt uns.

Daraufhin beschloss ich, mich vom Punk abzuwenden, und wurde Gangsta-Rapper.

## 3 Wie ich einmal Gangsta-Rapper war

»Yo«, sagt mein Freund Flo, den alle nur noch Bad Boy Flo nennen, weil er so böse ist.

»Yo«, sage ich, und zusammen gehen wir durch unseren Block zur Schule. Natürlich gehen wir Gangsta-Rapper nicht, sondern schlurfen. Dabei hängen unsere Köpfe immer ganz nach unten, weil wir uns so viele schwere Fake-Goldketten mit Dollarzeichen von New Yorker um den Hals gehängt haben.

Auch unsere Hosen hängen ganz tief, weil wir in jeder Hosentasche drei Handys haben, mit denen wir ununterbrochen Bushido hören. Weil aber unsere Eltern die Texte zu schlimm finden, haben sie alle MP3s gelöscht und durch Lieder von Reinhard Mey ersetzt. Damit niemand merkt, dass wir gar nicht Bushido hören, müssen wir ständig ganz laut »Hey, Alter, voll krass, Mann« vor uns hersagen. Kurz vor der Schule treffen wir unseren dritten Gangsta-Rapper-Freund Dirk.

»Yo«, sagt Dirk. »Die Freiheit muss grenzenlos sein.«

»Yo«, sage ich. »In den Pfützen schwimmt Benzin.«

»Yoh«, sagt Flo. »Schillernd wie ein Regenbogen.«

Wir haben eine Geheimsprache entwickelt, die nur wir verstehen. Je nachdem, wie wir »Yo« aussprechen, heißt es etwas anderes.

»Warum hast du gerade zu mir ›Leck mich, du Opfer‹ gesagt?«, fragt Dirk.

»Hab ich doch gar nicht«, sagt Flo, »ich habe ›Yoh‹ gesagt, was ›Leck mich, du Hurensohn‹ heißt.«

»Nein«, sage ich, »›Yoh‹ heißt doch ›deine Mudder‹.«

Inzwischen sind wir an unserer Schule angekommen, und Flo sagt: »Kommt, lasst mal ein paar Handys zocken.«

Wir gehen zu einem kleinen Fünftklässler hin und nehmen ihm sein Handy weg. Der Fünftklässler hat aber noch viele Fünftklässlerfreunde, und zusammen verprügeln sie uns. Als wir geschlagen auf dem Boden liegen, nehmen sie uns die Handys weg.

»Voll schwul«, sagt der eine Fünftklässler, »ihr habt ja nur Reinhard Mey auf euren Handys.«

Da beschloss ich, mich vom Gangsta-Rap abzuwenden, und wurde Hippie.

Julius Fischer

# DER OUTDOOR-AUTOR

Als Schriftsteller muss man sich Nischen suchen. Sonst geht man in der Masse unter. Die Idee, dass man alleine vom Schreiben leben kann, ist ungefähr so realistisch wie der Wunsch kleiner Mädchen, auf dem Bauernhof zu leben oder Prinzessin zu werden, wenn sie groß sind.

Die meisten landen in der Nagelpflege.

Vom Schreiben leben kann man im Grunde genommen nur, wenn man entweder gleich am Anfang, so mit zwölf, etwas total Krasses veröffentlicht, *Herr-der-Ringe*-mäßig, und dann ein Leben lang gefeiert wird, oder indem man am Fließband produziert.

Jedes Jahr einen historischen Roman, zack, oder einen Krimi, zack, Themen gibt's ja viele.

Die dritte Möglichkeit ist die Drittmittelsubventionierung, sprich: Man wird Werbetexter, nur literarisch.

So wie bestimmte Theater Hausschreiber oder Hausphilosophen haben, könnten sich auch Hersteller von Gebrauchs- und Genussmitteln einen Autor an Bord holen, der mit seinem Namen und vor allem seiner gewundenen Sprache für deren Produkte wirbt, zum Beispiel Prostata-Pastillen.

Wenn man David Foster Wallace Glauben schenken darf, wird das in Amerika schon seit langem gemacht – nichts, was unbedingt überrascht. Hier ein nicht wortwörtliches Gedächtniszitat aus einem von ihm zitierten literarischen Werbeessay über ein Kreuzfahrtschiff:

*Unter der lapislazuliblauen Himmelskuppel treibt das luxuriöse Schiff, die Seabull, das Aushängeschild der Reederei Ocean Dreams, einem neuen Tag entgegen. Ich liege auf dem Oberdeck in einem gemütlichen Rattansessel der Firma Rattan-Möbel, in der Hand einen Johnny Walker. Meine Tommy-Badehose spannt ä bissl, weil das Essen hier so lecker ist, usw. usf.*

So etwas sollte ich auch machen, habe ich mir gedacht, damit es mir nicht so ergeht wie den Zwergfächern an den Universitäten, die nach und nach wegrationalisiert werden.

Wer braucht denn bitte noch Germanistische Literaturwissenschaft oder Philosophie?

Lächerlich. Steht doch heute alles im Internet.

Ich wünsche mir, dass dieser Satz irgendwann einmal aus dem Zusammenhang gerissen auf Muskote-Packungen steht oder in einem Aphorismenband von Rowohlt.

*Lächerlich. Steht doch heute alles im Internet.* – Julius Fischer (Autor und Mensch).

Ich will mit meinen Texten stellvertretend für ein Unternehmen stehen, aber natürlich nur für so intellektuelle Sachen wie Gauloises oder Whisky.

Oder für Lebensmittel. Zum Beispiel Rügenwalder Mühle, die haben immer so gute Lieder. Man könnte meinen dicken Charme noch erhöhen, wenn man mir Kindersachen anziehen und eine Zahnlücke schminken würde.

Am liebsten wäre ich allerdings Outdoor-Autor. Ich mag Funktionskleidung. Sie hat spitzenmäßige Eigenschaften: Bequemlichkeit, Temperaturausgleich, Praktikabilität.

Ich würde gerne für The North Face den dichtenden Wikinger geben, Figur und Fresse würden auf jeden Fall dazu passen.

Ich stelle mir eine Blockhütte vor, in Norwegen, der Morgen graut nach einer klaren Polarnacht, Auftritt ich, in der einen Hand mein Frühstück, einen halben Haifisch, in der anderen Hand das Goldene Vlies von meinem letzten Raubzug, am Leibe trage ich nur einen Schlüpfer von The North Face, den man aber durch eine ausgefeilte Falttechnik in eine Windjacke oder ein 8-Mann-Zelt umfunktionieren kann.

Ich blicke über meine Siedlung hinunter in die Bucht, wo eine riesige Flotte abfahrbereit auf mein Zeichen wartet. Ich rufe meine Untergebenen zusammen, auch sie tragen Funktionsunterwäsche und Netzhemden. Ich breite die Arme aus und deklamiere:

*Damit du uns nicht fortwehst,*
*wenn du auf den Fjord gehst,*
*kleide dich in North Face,*
*weil du auf Komfort stehst.*

Dann ein schwarzer Bildschirm, atmosphärisches Atmen oder Herzklopfen, Schriftzug: The North Face, fertig ist der Werbespot.

Das Ganze ginge natürlich auch bei Jack Wolfskin, müsste dann aber eher in die Indianerrichtung gehen.

Amerikanische Ostküste, Golfstrom, ich bin der Häuptling eines Piraten-Indianerstammes, der sich aus den Bastardkindern von amerikanischen Ureinwohnern und Wikingern zusammensetzt. Ich komme aus meinem Zelt, nackt, in der einen Hand eine Bärenlende, mein Frühstück, in der anderen die Freiheitsstatue vom letzten Raubzug, falte das Zelt zusammen und schlüpfe in den so entstandenen Funktionsslip, schnappe mir die Anwesenheitsliste und sage:

*Thunderbird – Check!*
*Reebok – Check!*
*Wolfskin – Jack!*

Schwarzer Bildschirm, atmosphärisches Wolfsgeheul, Jack-Wolfskin-Schriftzug, fertig.

Das wäre ein Aufgabenbereich. Der andere wären natürlich schriftliche Arbeiten. Epische Werke, Gedichtbände, großes Theater.

Denkbar ist da vieles, in erster Linie wären es sicherlich Abenteuergeschichten, so in der Art:

*Da stand ich nun an diesem Eisfeld, hinter mir 8000 Meter tödliche Leere, vor mir die letzten Schritte bis zum Gipfel. Ich nahm für einen Moment meine Jack-Wolfskin-Sonnenbrille ab, die mir in den letzten Tagen einen guten Dienst geleistet hatte. Gewöhnliche Sonnenbrillen wären bei diesen Temperaturen längst geschmolzen, aber diese hier aus Jack-Wolfskin-Kryptonit machte einen guten Job. Alles war gut, fast.*

*Ich musste an John denken. Er hatte nicht so viel Glück gehabt und war auf 6000 Metern einfach an einem Felsvorsprung festgefroren.*

*Der Wärmeaustausch in seiner Thermojacke und die veraltete Gore-Tex-Beschichtung seiner Kleidung waren letztendlich ausschlaggebend für seinen schnellen Tod. Schade!*

*Ich setzte meine Sonnenbrille wieder auf, schulterte meinen vollen, aber federleichten Rucksack und machte mich auf den Weg. Und ich wusste: Mit Jack Wolfskin erreiche ich mein Ziel.*

In den halbjährlichen Kollektionskatalogen gäbe es auf manchen Seiten kleine Aphorismen und gereimte Empfehlungen:

*Der neue Wolfskin-Trekkingschuh*
*trägt dich sogar bis Kathmandu!*

Oder:

*Sei kein Held.*
*Investier dein Geld*
*in ein Zelt,*
*das hält.*

Oder:

*Der Outdoor-Autor empfiehlt:*
*das Wolfspelz-Wärmekissen – starker Geruch, starke Wirkung.*

Oder:

*Bei abgefrorenen Zehen – der praktische Zehenhammer im Schweizer Taschenmesserformat, jetzt neu mit eingravierten Aphorismen unseres Hausautors Julius Fischer:*
*Lieber Zeh ab als total kalte Füße!*

Ich bin mir sicher, dass das ziehen würde. Man muss die Leute in der Werbung eh noch mehr bei ihrer Angst packen. Die Produktbeschreibung muss so wirken wie eine Schutzgeld-erpressung:

*Kaufen Sie diese Kletterstiefel, sonst schicken wir Ihnen morgen eine Bergsteigerkolonne mit Höhenluftentzug vorbei!*

*Ohne diesen auf den Rücken schnallbaren Wasserbeutel werden Sie morgen auf dem Arbeitsweg einfach sterben.*

*Nur Jack-Wolfskin-Kondome schützen effektiv vor Aids und sind wiederverwendbar. Einfach umdrehen, ausschütteln, fertig.*

*Die Nichtbenutzung unserer Produkte führt zu Krebs.*

*Diesen Text nicht bis zum Ende zu lesen gefährdet die Gesundheit ihres Kindes bereits vor der Geburt. Der Text entstand mit freundlicher Unterstützung von Lenovo/IBM, der Deutschen Bahn, Evian Mineralwasser, Mister Wok, Moleskine, Billigstifthersteller XY, NIL, Ardbeg Whisky 12 Years und Mutter.*

*Unser Autor wurde ausgestattet von Jack Wolfskin.*

Schwarzer Bildschirm, atmosphärisches Wolfsgeheul, Jack-Wolfskin-Schriftzug, fertig!

Marc-Uwe Kling

# LOST

»Scheiße, ist das kalt!«, flucht das Känguru.

Es hüpft vor mir durch den Schnee, die roten Boxhandschuhe über den Pfoten und unfassbar rosafarbene Ohrenschützer auf dem Kopf.

»Glotz nich so blöd«, schimpft das Känguru. »Ich weiß, dass das scheiße aussieht.«

Es lässt einen Ast los, der mir direkt ins Gesicht klatscht.

»Warum folge ich dir nur immer wieder auf diese ›Abkürzungen‹?«, murre ich, aber die Frage bleibt nur als lauwarmer Nebel in der eiskalten Abenddämmerung hängen.

»Da vorne müsste der Weg sein«, sagt das Känguru. »Vertrau mir. Meine alten Dschungelinstinkte werden wieder wach.«

»Dschungelinstinkte. Tss. Ich kann es gar nicht fassen, dass wir uns im Tiergarten verlaufen haben …«

## 15 MINUTEN SPÄTER

»Ich denke, wir sollten unsere Lage akzeptieren und hier Feuer machen«, sagt das Känguru, als wir zum dritten Mal dieselbe Lichtung betreten. »Wenn der Tag anbricht, finde ich auf jeden Fall hier raus.«

Ich verdrehe die Augen und schimpfe vor mich hin. Das Känguru macht derweil Feuer. Plötzlich blickt es mich seltsam an.

»Sag mal … darf ich dich essen, falls du erfrierst?«

»Was?«, rufe ich verstört. »Nein!«

»Wieso denn nicht?«, fragt das Känguru. »Ich finde das sehr egoistisch von dir. Wenn ich vor dir erfriere, darfst du mich essen.«

»Ich will dich nicht essen. Das ist ja ekelhaft.«

»Na, danke«, sagt das Känguru. »Du bist auch ekelhaft.«

Es wirft einen Ast ins Feuer und reibt sich die Pfoten.

»Du müsstest mich ja nicht roh essen«, sagt es nach einer Weile. »Du könntest mich ja grillen. Ich würde dich grillen.«

Es zieht etwas aus seinem Beutel.

»Du hast Gewürze dabei?«, frage ich.

»Na?! Na?!«, ruft das Känguru herausfordernd und bestreut sich selbst. »Wollen mal sehen, ob ich mich dir nicht doch schmackhaft machen kann! Ein bisschen Curry hier, ein bisschen Koriander da …«

»Bäh. Ich hasse Koriander.«

»Hörense ma«, brummt da plötzlich eine fremde Stimme. »Die Diskussion könnense sich gleich ma spar'n. Grill'n is in dem Teil vom Tierjarten sowieso nich erlaubt. Ick bin vom Ordnungsamt. Dit jibt 'nen safftijen Strafzettel.«

Das Känguru mustert unseren ungebetenen Gast. »Sagen Sie mal«, sagt es, »würden Sie sich von Ihrem besten Freund aufessen lassen? In einer Notsituation. Wenn Sie sowieso sterben würden, ihn aber retten könnten?«

»Ick arbeite fürs Ordnungsamt«, sagt der Mann. »Ick hab keene Freunde.«

»Aber können Sie uns vielleicht sagen, wie wir hier wieder rauskommen?«, frage ich.

»Sie ham sich verloofen?«

Ich nicke.

»Im Tierjarten?«

Ich seufze.

»Dit is nich meen Zuständigkeitsjebiet.«

»Wenn du erfrierst«, sagt das Känguru zu mir, »esse ich dich einfach trotzdem.«

»Ich verbiete dir ein für alle Mal, mich zu essen«, zische ich.

»Also, ick hab zwar keene Freunde«, funkt der Mann vom Ordnungsamt dazwischen, »aber eenet sag ick Ihnen: Wenn ick Freunde hätte, würd ick mir uff da Stelle von selbigen uffessen lassen. Stante pede. Dafür müsst ick nich ma erfroren sein. Einfach so würd ick mir von die uffessen lassen. Nur damit die nich verhungern. Ick meen, wofür hat man denn Freunde? Oda och, wenn die keen Jeld für Mittach dabeiham. Würd ick mir uffessen lassen. Oda wenn die einfach Lust uff 'nen kleenen Snack ham. Würd ick mir uffessen lassen. Oda wenn beim Videoabend alle traurig wären, weil keener Schüps mitjebracht hat, würd ick sag'n: ›Freunde! Hier bin ick! Esst doch mir uff.‹«

»Da hörst du's!«, ruft das Känguru mir nickend zu. Sein Magen knurrt. Es wendet sich wieder dem Mann vom Ordnungsamt zu.

»Wollen wir Freunde werden?«

Sebastian Lehmann

# SEBASTIAN, DAS IST DOCH WITZIG

Ich stehe vor dem Prüfungsbüro an der Uni und halte mein Abschlusszeugnis in den Händen. Ich bin jetzt mit meinem Studium fertig. Also, fertig damit war ich eigentlich schon vor drei Jahren. Jetzt habe ich aber einen Abschluss. Davor hatte ich einfach nur keine Lust.

Damit ist meine größte Angst überstanden. Ich erinnere mich an die Einführungstage im Philosophie-Institut. Damals stand ich zwischen älteren Herren in braunen Cordjacketts und blickte verloren in die Runde. All diese Professoren und Eminenzen des Faches waren gekommen, um uns, die neuen Studenten, zu begrüßen. Sie fragten uns, warum wir Philosophie treiben wollten. Philosophie treibt man nämlich, bis dahin hatte ich gedacht, dass man Philosophie studiert, aber darum ging es augenscheinlich nicht.

Ich sagte also: »Ich will eine Antwort finden auf die große Frage: Warum?«

Jetzt am Ende des Studiums kann ich meine Ausgangsfrage immerhin spezifizieren: »Warum nicht?«

Bald merkte ich auch, das waren gar keine Professoren, die hier in ihren Cordanzügen vor uns standen – es waren Studenten. Denn sie warfen uns Zahlen an den Kopf: 41, 78, 367 – ihre Semesterzahlen. Sie lachten diabolisch, als sie unsere entsetzten Gesichter sahen, und nahmen einen Schluck Absinth aus ihren Flachmännern.

Aber ich habe es jetzt wirklich geschafft. Ich bin Philosoph. Und ich habe noch nie in einem Call-Center gearbeitet. Also, nicht in so einem, wo man Leuten Gewinnspiele aufdrängen muss oder so – sondern nur Autoversicherungen.

Ich rufe meine Mutter an, um ihr zu erzählen, dass ich meinen Abschluss geschafft habe.

»Was treibst du denn da immer in Berlin?«, fragt meine Mutter aber.

»Na, Philosophie«, sage ich und streiche mein Cordjackett zurecht.

»Das habe ich mir gleich gedacht, dass aus dir nur so ein Herumtreiber wird«, sagt meine Mutter.

»Aber ich habe einen Abschluss darin«, sage ich.

»Übrigens«, sagt meine Mutter, »gestern hab ich deinen Freund, den Marc-Uwe, im Fernsehen gesehen, der war ja sehr witzig. Er hat eine Geschichte vorgelesen, so eine Geschichte könntest du ja auch mal schreiben, mit einem Känguru. Und zwar hat das Känguru den Marc-Uwe gefragt, ob er heute mal das Essen bezahlen könne, und Marc-Uwe hat gesagt: ›Heute? Ich muss immer bezahlen.‹ Da hat das Känguru gesagt: ›Der eine hat den Beutel, der andere hat das Geld.‹«

Meine Mutter lacht laut ins Telefon. »Der eine hat den Beutel, der andere hat das Geld. Auf so was muss man erst mal kommen. Aber auf so was kommst du ja nicht.«

»Ich habe mein Studium abgeschlossen«, sage ich noch mal leise ins Telefon.

»Der eine hat den Beutel, der andere hat das Geld«, ruft meine Mutter und lacht. Sebastian, das ist doch witzig.« Im Hintergrund lacht jetzt auch mein Vater. Dann höre ich, wie er meiner Mutter zuflüstert: »So einen Sohn, der so was schreibt, müsste man haben. Der eine hat den Beutel, der andere hat das Geld. Grandios. Da muss man erst mal draufkommen. Das ist doch witzig.«

»Marc-Uwe hat sein Studium abgebrochen«, sage ich noch leiser ins Telefon.

»Sebastian«, ruft meine Mutter, »du bist doch auch Comedian, schreib doch auch mal was mit einem sprechenden Tier. Vielleicht ein Rhinozeros. Ein sprechendes Rhinozeros. Das sagt dann zu dir: ›Der eine hat den Panzer, der andere hat …‹« Meine Mutter hält inne.

»Ja, was?«, rufe ich. »Der eine hat den Panzer, der andere hat was? Vielleicht ein Gewehr oder was?«

»Das ist doch egal«, antwortet meine Mutter unbeeindruckt. »Schreib doch mal so was wie der Marc-Uwe mit seinem Känguru. Nicht so was, was du sonst immer schreibst, sondern was

Witziges. Der eine hat den Beutel, der andere hat das Geld«, sagt meine Mutter und lacht.

»Ich muss jetzt auflegen«, sage ich zu meiner Mutter. »Ich will mich nachher noch erhängen, weil ich von meinen Eltern nie die Anerkennung bekommen habe, die ich verdient hätte.«

»Ja, ja«, ruft meine Mutter, »mach's gut. Und kannst du mir noch so ein Buch mit dem Känguru schicken? Sebastian, das ist einfach witzig.«

»Ich hasse mein Leben«, sage ich und lege auf.

Ich gehe von der Uni zur U-Bahn-Station und weine ein wenig. An der U-Bahn-Station steht das Känguru. »Wollen wir Freunde werden?«, fragt es mich.

»Ach, verpiss dich, jetzt ist es auch zu spät«, rufe ich dem Känguru zu und werfe mich vor die U-Bahn, um mich umzubringen. Es ist aber Schienenersatzverkehr mit Bussen.

»Witzig«, sagt das Känguru.

## Marc-Uwes Epilog

»Räumen Sie sofort den Vorlesungssaal«, ruft das Rhinozeros durch sein Megaphon.

»Niemals!«, ruft Sebastian. »Occupy the Freie Universität!«

»Tja«, sagt das Rhinozeros. »Du denkst, du bist ein richtiger Kerl. Kein halber, ein ganzer. Aber so ist das in der Welt: Der eine hat Ideale, der andere hat 'nen Panzer.«

Maik Martschinkowsky

# OCEAN'S π

An einem grauen Maitag im Herbst war es wieder mal 16.36 Uhr, als ein lila Nashorn seinen Kopf durchs Fenster steckte und fragte, ob jemand lange Blättchen zum Bauen hätte. François schenkte ihm eines und übergab sich dann nachdenklich in den Gully, welchen der Kellner freundlicherweise bereitgestellt hatte, für den Fall, dass es Milch regnet. Tat es aber nicht. Dafür hatte sich Kim-Ill, diese kleine versaute Straßenkatze, eine neue Wollmütze für seine S/M-Spielchen gekauft. Das interessierte Jacques, der eben noch François hieß, überhaupt nicht. Er mochte keine Vögel. Gedankenverloren klemmte er seine Raucherbeine unter die Arme und ging über Stock und Stein. Müdigkeit spürte er keine, nur war es ihm manchmal unangenehm, dass er immer auf dem Kopf gehen musste. Als er kurz vorm Höhepunkt war, furzte der Himmel ein paar belanglose Blitze in den Weltraum, und Jacques bekam das seltsame Gefühl, dass etwas stimmte. Eine kleine alte Oma schälte sich aus dem Licht und baute sich bedrohlich vor ihm auf, um ihm einen Groschen in die Hand zu drücken. Jacques überlegte kurz – entschloss sich dann aber doch, für sie einkaufen zu gehen. Warum auch nicht. Rom wurde schließlich auch nicht an einem Tag erbaut. Also pflückte er einen Laternenpfahl und brüllte sich eine Rumkugel.

Als er einstieg, blickte er in das Antlitz eines lila Nashorns. Es war maskiert und fragte, ob er zufällig lange Blättchen zum Bauen hätte. Jacques übergab sich überrascht in den Blumenkübel, der ihm schon eine ganze Zeit lang unauffällig folgte. Dann fuhren sie los. Manchmal ist das so.

Als es wieder 16.36 Uhr war, hielten sie an und warteten auf nichts. Die Leitung war tot. Ich ging auf meinen Balkon, um den beiden kurz zuzuwinken, bevor sie in einer dunklen Aschewolke verschwanden.

Am Louvre angekommen, stolperte Jacques, der jetzt wieder François heißt, über ein kleines neurotisches Sahnehäubchen, das

Weltmeister im Jenga-Spielen war. Plötzlich begannen sie eine Affäre. Das ist sehr romantisch, dauert aber einen Moment.

In der Zwischenzeit steckt das Nashorn seinen Kopf durch ein Fenster und fragt nach langen Blättchen zum Bauen. Es gibt keine Blättchen mehr. Deshalb nimmt es zwei.

So, François ist wieder da. Es war wohl alles sehr schön und aufregend. »Jetzt aber Dalí!«, sagt das Nashorn.

Die beiden begannen mit hektischer Unnötigkeit danach zu suchen, was sie eigentlich wollten. Jacques, der ja eigentlich wieder François heißt, wich errötend einem Ameisenbus voller Geodreiecke aus, übersah dabei aber eine Wand, weshalb er nun mit geöffneter Hose im Museum für moderne Kunst stand. Verschlafen schaute er auf seine Brüste und hielt sich kurz für ein Genie. Hoppla.

Irritiert übergab er sich in eine Erdspalte, die nur mal eben vorbeischauen wollte. Schnell holte Jacques, oder François, ein kleines Meerschweinchen aus der Tasche und erkundigte sich nach dem Wetter. Es war Viertel vor elf. Und das mitten im Frühling. Zum Glück steckte das Nashorn gerade seinen Kopf durchs Fenster und fragte, ob jemand lange Blättchen zum Bauen hätte. Ungünstigerweise hatte François, der ja manchmal auch Jacques heißt, die letzten gebraucht, um seinen Roman, den er nie geschrieben hatte, zu veröffentlichen. Vodka Gorbatschow war beeindruckt. Als die Klimax vorbeischlich, nahm François einige der Blättchen aus den Rahmen an der Wand und gab sie dem Nashorn. Manche Dinge sind da und gleichzeitig nicht da. Es gibt solche und solche. Mein Gott. Jetzt regnet es schon wieder Diskokugeln.

Kolja Reichert

# HAST DU AUCH WAS VON PAUL KALKBRENNER?

Ich habe gerade mal wieder den kapitalismuskritischen Rap der Jamaikanerin Terry Lynn und Dr. Albans Sehnsuchtsepos der neunziger Jahre *It's My Life* ineinandergemischt und nehme zur Belohnung erst mal einen Schluck von meinem Gin Tonic. Die Reihe junger Mädchen, die vor dem DJ-Pult Schlange stehen, sich immer wieder nervös die Haare aus dem Gesicht streichend, lässt sich kaum noch ignorieren. Ich lege noch einmal kurz meine Kopfhörer ans Ohr, zucke mit den Schultern und zeige demonstrativ auf das Display meines Computers, um ein paar Sekunden zu gewinnen, dann, als die Mädchen schon zappeln, als stünden sie nicht für ihren DJ-Wunsch an, sondern für die Toilette, beuge ich mich von dort, wo ich stehe, sehr weit über das Pult nach vorne und lege mein Ohr an die Lippen des ersten Mädchens. Es zwitschert zart hinein: »Hmmm, Entschuldigung, also, ich wollte fragen ... Hast du auch was von Paul Kalkbrenner?«

Ich nehme mein Ohr von dem niedrigen Hochtöner, gucke ihm in die klappernden Kulleraugen, lächle und schüttle den Kopf.

Jetzt bloß das freundliche Lächeln durchhalten, dann wird sie von alleine gehen.

Sie guckt etwas verunsichert, blickt kurz zur Seite und überlegt.

Nur noch drei Sekunden lächeln.

Sie guckt noch mal unsicher.

Noch eine Sekunde.

Sie zuckt mit den Schultern, dreht sich um und geht weg. Na also. Ich schlackere mit den Lippen, um die Muskeln zu entkrampfen, und lege mein Ohr an den Mund des nächsten Mädchens.

Mein Oberkörper wird durch den Schalldruck nach hinten geschleudert, als das Mädchen mit der Stimmgewalt einer brünftigen Hirschkuh in meinen Gehörgang röhrt: »Hasch du au was von Paul Kalkbrenner?«

Ich stehe sofort stramm und nicke heftig. »Ja, ist in Ordnung, hab ich, mach ich«, murmele ich.

Nachdem *Gebrünn Gebrünn* gelaufen ist und alle voll gefeiert haben, ist wieder Zeit für die Heavy-Rock-Phase. Ich plane gerade Beyoncés *Crazy In Love* in Korns *Freak On A Leash* zu mixen, da höre ich ein Räuspern neben mir.

Ein blasser, rothaariger Junge winkt mich zu sich, schmiegt seine heiße, schweißnasse Wange an meine und fragt komplizenhaft: »You got some Paul Kalkbrenner, mate?«

Ich befreie mich aus der feuchten Berührung und blicke ihn strafend an. »I just played Paul Kalkbrenner.«

»Yah«, sagt der Junge, »yah, yah«, und winkt mich wieder zurück an seine schwammige Wange, um nachzuschieben: »Ah, do you know … Pa-ul Kalk-bu-enn-er?«

Ich richte mich auf und starre den Jungen traurig an.

»*Berlin Calling*«, grinst der britische Easyjetsetter und hebt einen Daumen.

»No«, sage ich bestimmt und wende mich wieder dem DJ-Pult zu.

Ein schwarzer Lockenschopf hebt sich über die Kante direkt hinter dem Mischpult, darunter zieht sich mit einem Klimmzug ein Junge nach oben und brüllt mir mit spanischem Akzent ins Gesicht: »Hey, try some Paul Kalkbrenner! *Berlin Calling*!« Er wedelt mit der linken Hand in der Luft, bis die rechte abrutscht.

Ich spiele einfach noch einmal *Gebrünn Gebrünn*. Da kommen zwei blonde Mädchen und ein blonder Junge hinter das Pult, sie streiten sich, wer vorgehen soll, das kleinste Mädchen wird geschickt, baut sich vor mir auf, lächelt unterwürfig, faltet die Hände vor dem Schoß, streckt den Rücken durch, stellt sich auf die Zehenspitzen und fragt mit dänischem Akzent: »Hås du åch wås vøn Pål Kålkbrænnær?«

Ich starre das Mädchen mit hängendem Unterkiefer an und zeige auf die über mir und meinem hängenden Unterkiefer hängende Monitorbox. »Paul Kalkbrenner«, sage ich.

Das Mädchen strahlt und nickt heftig. »Pål Kålkbrænnær«, sagt sie.

Ich spiele noch einmal *Gebrünn Gebrünn*, und alle feiern voll. Dann verlasse ich den Club.

Ich werde nachdenklich. »Die elektronische Musik versprach einst die Überwindung des Künstlersubjekts und die Egalisierung und Auflösung sozialer Unterschiede und Hierarchien im kollektiven Körper der Tanzfläche«, denke ich. »Eine Kultur des Feierns, die nicht von Musiker-Egos und an den Reißbrettern der Plattenindustrie entworfenen Images bestimmt war«, denke ich, »und damit auch die symbolische Vorwegnahme eines globalen kommunistischen Austauschs kultureller wie materieller Güter, wie natürlich auch Liebe, frei von den repressiven Ordnungen von Sinn und Identität, der Mensch würde verschwinden wie ein Gesicht im Sand am Meeresstrand, um jenes längst zu Tode zitierte Foucault-Zitat zu gebrauchen«, denke ich, »falsch zitiert obendrein«, denke ich. »Was ist aus der Utopie nun geworden«, denke ich, »sie hat sich ins Gegenteil gewandt. Gerade die ikonische Austauschbarkeit der DJ-Figur mit dem verhältnismäßig begrenzten Gestenvokabular hat dafür gesorgt, dass einige wenige mit Hilfe von Imagekonstruktionen und konservativen Entwicklungserzählungen im Format des Biopic zu erkennbaren Marken wurden und nicht nur stellvertretend für ein ganzes ideologisches, natürlich lange in die Verwertungskreisläufe integriertes Modell von Subkultur auch über die Clubszenen – ich verwende hier bewusst den Plural – hinaus«, denke ich, »Bekanntheit und Aufmerksamkeit erlangten und nun weltweit als Identifikationsmodelle und Lieferanten für ein diffuses, natürlich immer industriell produziertes und geschürtes Lifestyle-Gefühl von Präsenz, Teilhabe und Unmittelbarkeit stehen«, denke ich, »sondern natürlich auch auf der oberen Schneide der ökonomischen Schere entsprechend Höhe gewinnen, während eine Masse an Kleindienstleistern wie ich am Wochenende gegen Freigetränke und Taxigeld an den Reglern steht, nur um die von den Stars vorgegebenen und also vom Publikum auch so erwarteten Rollenmuster, Gesten und letztlich sogar die von ihnen produzierte Musik aufzuführen, womit sich der Kreislauf schließt, unsere GEMA-Gebühren gehen auch noch an die Großen, während wir Kleinen auf ewig im Hamsterrad Wasser treten, auf einer neverending tour ohne Erlösung, ohne Erlös«, denke ich, als ich gerade im Dönerladen angekommen bin. »Einen Gemüsedöner bitte«, sage ich. »Einen Gemüsedöner«, sagt der Koch. Dann fragt er das Mädchen neben mir: »Was darf's sein, junge Frau?«

Das Mädchen fährt mit dem Blick die fahl leuchtende Angebotspalette ab, dann sagt sie: »Hmmm … Haben Sie auch was von Paul Kalkbrenner?«

Ich stehe im Watergate neben dem Pult und sehe Paul Kalkbrenner auf die Finger, um zu lernen, wie es geht. Paul Kalkbrenner hat einen Stapel Schallplatten auf der einen Seite der Plattenspieler liegen. Davon nimmt er jeweils die obere Platte, legt sie auf den Teller und lässt sie laufen. Sobald der Track zu Ende ist, mischt er den nächsten hinein und legt die Platte auf den Stapel auf der anderen Seite der Decks. Zwischendurch tut er so, als würde er den Bass rausdrehen, was natürlich schon auf der Platte selber geschieht, aber die Menge geht dann immer voll ab, und Paul Kalkbrenner hebt die rechte Hand in die Luft, und der ganze Raum jubelt und reckt Paul Kalkbrenner die Arme entgegen.

Ich höre eine leise Stimme neben mir: »Entsuldigung.« Eine junge Koreanerin lächelt und zeigt schüchtern auf den DJ. Ich mache Platz. Sie legt die Finger auf die Kante des Pults und reckt sich Paul Kalkbrenner entgegen. Der guckt überrascht, lächelt freundlich und sympathisch, wie er freilicherweise ist, er kann ja nichts für sein Glück, und beugt sich runter zu dem Mädchen. Das fistelt: »Haben Sie auh Musik von Paul Kalbenner?«

Paul lächelt souverän, die Situation scheint ihm bereits bekannt zu sein, er schaut dem Mädchen tief in die Augen, nickt und gibt mit Handzeichen zu verstehen, dass sich schon mit dem nächsten Track ihr Wunsch erfüllen wird. Das Mädchen klatscht vor Freude in die Hände und macht einen Luftsprung, dann dreht sie sich zu mir und strahlt mich an, ihre Freude mit mir teilend.

Ich lächle. »Ich bin Paul Kalkbrenner«, sage ich.

»Wiklich?«, fragt das Mädchen mit großen Augen und hängt sich an meinen Hals.

Immerhin, ein kleines Stück vom Kuchen bleibt uns doch.

Julius Fischer

# PLATONISCHES PLAUDERN MIT PHILOSOPHIERENDEM PROLL 1

## Theater!

»Orr, ich bin neulich im Theater gewesen, *Das Wirtshaus im Spessart*, und es war soooooo schöün«, sagt Enrico zu mir, »einfach so, ganz normal, Geschichte, zack, alle klatschen! Man weeß ja heute ni mehr so genau, sind das jetzt echte Schauspieler oder Arbeitslose oder vielleicht ein Chor von Kleingärtnern.«

»Was im Prinzip alles dasselbe ist!«, werfe ich ein und streichle mir selbstgefällig das Haar aus der Stirn. Dumme Sachen, die klug klingen, kann ich immer noch wie im Schlaf.

»Na, ich meine doch nur, die Leute denken immer, dass man als Resseschör alles machen kann, so eigene Erfahrungen mit einbauen und so. Aber das ist Quatsch, weil wenn der Schiller das damals geschrieben hat, dann hatter bestimmt ni intendiert, dass heute irgendein zugekokster abgebrochener TheaterwissenschaftsSchrägstrichEthnologieSchrägstrichSinologie-Fuzzi seine verquere Vorstellung von den Auswirkungen des Baus der Bagdadbahn von Kaiser Wilhelm auf die Apartheid in Südafrika in die *Räuber* reininterpretiert. Immer nur Kritik, Hitler und Kotzen und Bumsen auf der Bühne, das muss dor ni sein … Also, kommt droff an, wer bumst, klar.«

»Aber das Publikum muss doch auch was mitnehmen. Und wie Brecht schon sagte, was will eine Oberstufenklasse den *Faust* aufführen, im Originalkostüm, mit Urtext, wenn sie sich überhaupt noch nicht geprügelt haben, wenn sich ihnen die Gretchenfrage einfach nicht stellt? Ein bisschen Bezugnahme ist doch nur gesund.«

»Ich will aber ni die ganze Zeit angespuckt werden von der Bühne. Wenn jemand zu mir kommt, um ein schönes Rohr verlegt zu bekommen, dann verlege ich ihm das Rohr und krieg Geld dafür. Und im Theater zahl ich Geld fürs Theater und ni für Kunstejakulat.«

»Ey! Ja, cool: Art! Aber das ist doch das Schöne: Nicht die Nachfrage bestimmt das Angebot, sondern die Kreativität. Sonst biste ganz schnell bei Dienstleistungskultur und etablierst eine Kategorie des nützlichen Schönen!«

»Na und, so was braucht man nach ’nem harten Arbeitstag. Da kannste mir ni mit Nietzsche kommen. Was weiß ich denn davon? Es muss ja auch Leute geben, die ihren Verstand dazu benutzen, etwas Sinnvolles zusammenzubauen, und ni die ganze Zeit nachdenken über Sachen, über die sich tausend andere vorher auch schon den Kopf zerbrochen haben. Von der Seite her müsst ihr euch das ma ankucken, ni immer nur: ›Die dummen Arbeiter, leben ihr sinnloses Leben, und wir helfen denen da raus‹, näiii, das geht andersrum genauso!«

»So habe ich das noch nie betrachtet.«

»Weil das halt keener macht. Denke dir mal zum Beispiel einen Fitnesstrainer im Vergleich zu einem Deutschlehrer, der eine betreibt Muskelaufbau bei dir, das siehst du als gehobene Dienstleistung, der andere unterrichtet deine Kinder, und das ist Pädagogik. Da ist doch die Waage falsch geerdet.«

»Da könnte man aber auch wieder sagen: Was nützen Muskeln, wenn man keine Idee davon hat, was man mit ihnen so alles anfangen kann? Oder aber wie bei den Griechen: der Kontrapost, die geölten Muskeln als ästhetische Kategorie sinnfreier Schönheit.«

»Wenn meine Faust dir als formale Kategorie sinnvoller Aggression die Schneidezähne in den Gaumen drückt, wirst du da ni mehr drüber nachdenken müssen. Und dann versuche mal, mich mit deinen Gedanken zu verletzen.«

»Ich könnte die Energie um mich herum bündeln und dich mittels eines elektromagnetischen Feldes enthäuten und entfleischen.«

»Wenn das klappt, fange ich ooch an, Nietzsche zu lesen.«

Sebastian Lehmann

# MEINE JUGENDKULTUREN 4–5

## 4 Wie ich einmal Hippie war

»Hui, ich fühle mich so high, so wide open«, sage ich zu Florian, der sich jetzt Steppenwolf nennt. Wir rauchen ständig Joints. Allerdings nur gefüllt mit Pfefferminztee, weil wir uns nicht trauen, Gras zu kaufen. Der Pfefferminztee haut nicht so richtig rein, aber zum Glück ist Florians Mutter voll öko, und wir können ihre ganzen Socken aus Hanfwolle zerkleinern und dazubröseln. Leider braucht Flo, der bei uns fürs Tütendrehen zuständig ist, für jeden Joint eine halbe Stunde. Am Ende klebt er sie immer mit Tesafilm zusammen. Ich glaube, wir werden eher von den Chemikalien des Tesafilms high als von den Socken.

»Hui«, sagt Steppenwolf und dreht die alte Led-Zeppelin-Platte von meinem Vater um. Wir beginnen langsam zu *Stairway To Heaven* im Wohnzimmer meiner Eltern zu tanzen, die gerade im Urlaub sind. Nur Dirk tanzt nicht, weil das so doof aussieht mit zwei gebrochenen Armen. Außerdem haben wir die Fenster mit bunten Tüchern zugehängt und Duftkerzen in der Geschmacksrichtung »Woodstock« angezündet, die allerdings eher nach einer Mischung aus Bier und Dixi-Klos riechen. Wahrscheinlich orientieren sich die Macher an heutigen Festivals. Davor hatten wir noch versucht, unsere weißen Benetton-Pullis zu batiken, was aber nicht so richtig geklappt hat, sie sind jetzt einfach komplett lila.

»Hui«, sagt da Florian schon wieder, »lass uns jetzt nackt ausziehen, durch den Wald rennen und uns mit Schlamm einreiben, so wie damals in Woodstock.« Dabei schaut er mich etwas zu offensiv an und schläft schließlich ein, weil er zu viel Tesafilm geraucht hat.

Daraufhin beschloss ich, mich vom Hippietum abzuwenden, und wurde Existenzialist.

## 5 Wie ich einmal Existenzialist war

»Ich finde noch immer, dass *Außer Atem* von Godard eine Feier des Lebens ist, gerade deshalb, weil er mit einem sinnlosen Tod beginnt und endet. Es ist dieses ›Vorlaufen zum Tode‹, wie schon Heidegger erkannt hat, das unser Leben erst zu diesem besonderen Gut macht«, sage ich und schaue in die Runde. Wir sitzen im Café Paris, das seltsamerweise ein griechisches Restaurant ist, und philosophieren. Außer Dirk, der ist eingeschlafen. Wir andern rauchen ununterbrochen blaue Gauloises und trinken Rotwein. Ich versuche immer wie Jean-Paul Belmondo meine Zigarette einfach lose im Mund stecken zu lassen und dabei zu reden. Aber entweder fällt die Kippe runter und brennt ein Loch in die Tischdecke, oder der Rauch steigt mir in die Augen und ich muss deswegen weinen. Weil ich ständig weine, halten mich alle für empfindsam – nicht schlecht für einen Existenzialisten.

»Isch schtimme dir zü«, sagt Florian, der sich jetzt Florence nennt und zu seiner Homosexualität bekennt. Außerdem spricht er immer mit französischem Akzent. »Wie Sartrée es formülierte: Der Mensch ist nischts anderes als das, wozü er sisch macht.«

»Dann hast du dich also selber schwul gemacht?«, fragt Ingo, der immer noch lieber Punker wäre, weil er – wie ich – Existenzialismus nicht aussprechen kann.

»Kann ich auch eine Zigarette haben?«, fragt Dirk, der von dem Disput aufgewacht ist.

»Wie willst du denn rauchen mit zwei gebrochenen Armen?«, ruft Ingo.

Dirk beginnt zu weinen, Flo kramt beleidigt in seinem Handtäschchen, und ich versuche die Wogen zu glätten.

»Mes amis«, sage ich und rücke meine Baskenmütze zurecht, die leider eher wie ein Bundeswehrbarett aussieht, »wir sind hier, weil wir über Godard diskutieren wollen.«

Aber da kommt plötzlich Flos Mutter ins Café Paris, und wir müssen uns unter dem Tisch verstecken, damit sie nicht sieht, dass wir rauchen.

Daraufhin beschloss ich, mich vom Existenzialismus abzuwenden, und wurde Autonomer.

Maik Martschinkowsky

# RAZZIA

*Blaue Blumen blinzeln verträumt aus zauberhaft grünem Bunt, während ich mich auf dem sanftsaftigen Gras einer weichen Wiese räkle … Plötzlich taucht ein riesiger Molch mit einem gewaltigen Glupschauge vor mir auf, das sich kurz auf seinen Schultern hin und her dreht. Dann sagt der Molch:*

»Das ist eine Hausdurchsuchung! Ziehen Sie sich an und verhalten Sie sich ruhig. Sie erhalten zu gegebener Zeit eine Rechtsbelehrung.«

»Ööööhhhh …«, sag ich. »Guckense mal auf'n Tacho, wissen Sie eigentlich, wie spät es ist?!«

Eine behandschuhte Hand packt mich am Arm und schleift mich durch die Wohnung, vorbei an Legionen von Molchen mit riesigen Glupschaugen, in die Küche, wo noch mehr Molche – rummolchen. Müsst mal wieder jemand spülen, denk ich, als ich sehe, wie einer der Invasoren ein verdrecktes Messer ins Licht hält.

*Realitätscheck: Also, du stehst um 6.30 Uhr morgens in Unterhose und Bademantel (warum auch immer du den anhast) mit Morgenlatte in der Küche, umgeben von lauter Polizisten. Merke: Normal ist anders.*

Der Chefmolch und Oberinschpektor baut sich vor mir auf und versucht geflissentlich, meine Morgenlatte zu ignorieren. Dürfte ihm schwerfallen, haha, denke ich und werfe mich ein bisschen in Pose.

»Sie sind …?«

»Andreas Baader.«

»Wat?«

»Kleiner Scherz.«

»Ihre Scherze könnense woanders machen. Für Sie ist es in jedem Fall besser zu kooperieren! Also, Ihr Name ist?«

»Maik Martschinkowsky. Em ah er teh es zeh ha ieh en kah oh we es kah üpsilon.«

»In Ihren Personalien steht Martschinkowski mit ih am Ende.«

»Ja, aber das mit dem Üpsilon find ich schöner!«

»Det tut nüscht zur Sache. Herr Martschinowski, Sie stehen unter Verdacht, eine terroristische Gruppe jebildet zu haben.«

»Wat?«

»Sie stehen unter Verdacht, an der Bildung einer terroristischen Vereinijung nach §129a StGB beteiligt zu sein.«

»Wat?«

»Sie sind Terrorist.«

»Nee! – Hörnse mir auf!«

»Sie sind auffällig jeworden, indem Sie in aller Öffentlichkeit Terrordrohungen zur Schau jestellt haben.«

»Ah! – Sie meinen: ›Terror!!!!‹?« Es scheppert und klirrt, als sich Polizisten hinter Sessel werfen und Tische umschmeißen.

»Nee, das ist Kunst«, sag ich. »Das gehört zu so 'ner Performance.«

Der Herr Oberinschpektor kriecht hinter dem Ofen hervor, und langsam beginnen wieder die Durchsuchungsgeräusche im Hintergrund.

»Wennse det noch ma machen, müssen wir Sie in Jewahrsam nehmen. – Wir führen jetzt eine Visitation Ihrer Wohnung durch, um Hinweise auf eine mögliche Bestätijung des Verdachts zu finden. Bis zur Auswertung der Befunde …«

Eine Polizistin dreht sich um und hält einen großen weißen Kasten in den Armen. »Konfiszieren«, sagt der Chefmolch.

»Ähm … Herr Wachtmeister, das ist 'ne Mikrowelle«, sag ich und versuche möglichst gefasst zu bleiben. Bin mit dem Ding aufgewachsen.

»Wir konfiszieren zunächst allet, wat'n Hinweis auf den Bau von Sprengsätzen jeben könnte.«

»'tschuldigen Sie mal, also mal ganz im Ernst jetzt, Herr Wachtmeister: Glauben Sie, ich schlepp so 'ne Scheißmikrowelle zur nächsten Demo, steck Sprengstoff rein und werf die über 'ne Polizeiabsperrung? – Das funktioniert doch nich mal. Ohne Strom.«

»Wir ham unsere Anweisungen. Behindern Sie uns nicht bei der Arbeit! – Wat sind det für Flaschen?« Er zeigt auf den riesigen Flaschenberg unter der Spüle.

»Oh, ja, konfiszieren Sie die mal lieber«, sag ich und überlege, wie ich ihn auf den überfüllten Mülleimer aufmerksam machen könnte. »Übrigens will ich meinen Anwalt sprechen ... fast vergessen.«

»Denn rufense'n doch an!«

»Sie ham mein Telefon auseinandergebaut.«

»Tja, det sieht dann wohl schlecht aus.«

Ein kleiner Polizist taucht zwischen uns auf und hält mein altes Schweizer Taschenmesser hoch. »Chef, ich hab hier 'n Werkzeug gefunden!«

»Eintüten!«

»Hamse MacGyver auch schon hochgenommen? – Der kann damit nämlich wirklich Bomben bauen ...«

»Hm. MacGiver sagen Sie?« Er holt seinen Notizblock hervor. »Ge ieh vau eh er?«

»Nee, üpsilon! Gyver mit üpsilon.«

Plötzlich kommt ein älterer Herr mit Hemd in die Küche und wirkt sehr besorgt. »Herr Einsatzleiter, vielleicht sollten Sie sich das mal anschauen.«

»Kommse mal mit«, wendet sich dieser an mich, und wir drängeln uns durch die völlig verwüstete Wohnung zurück in Richtung meines Zimmers. – Zum Glück bin ich nicht dran mit Putzen, denk ich, da hält mir der alte Herr plötzlich einen Draht und eine kaputte Armbanduhr unter die Nase.

»Was – ist – das?«

»Äh ... ein Draht und eine kaputte Armbanduhr«, antworte ich pflichtbewusst.

»Wozu brauchen Sie das?«

»Also, die Uhr hat mir mal die Zeit angezeigt, und an dem Draht hingen bis vor zehn Minuten meine Gardinen.«

»Aha! – Sie geben also zu, diese Gegenstände bei sich gelagert zu haben?«

»Eintüten!«, ruft der Oberinschpektor, und mit Elan stürzen sich zwei Wachtmeister auf die Drähte.

»Also, ich bin hier ja so 'n bisschen die Stimme der Vernunft ...«, gebe ich zu bedenken, »und würde doch an Ihren vollziehenden Verstand appellieren, mal eine Großrazzia in diesem schwedischen Barrikadenlager durchzuführen, da gibt es massenweise solche Utensilien für Hobbyterrorismus. Ich sach's Ihnen – Ikea …!«

»Ykea – also Üpsilon ka eh ah …«

»Nee, ih, Ikea mit ih, wie Idiot in Uniform.« – Langsam werd ich wach, als ich sehe, wie im Hintergrund jemand Proudhons Kampfschrift zum Thema »Eigentum ist Diebstahl« eintütet, rufe »Hey, das ist meins!« und will mich grade noch weiter in die höchsten Gefilde heiterer Flachwitzpolemik aufschwingen – da fällt mir der Schalk aus dem Nacken: Neben dem alten Herrn steht eine Polizistin und hält triumphierend einen Gegenstand in die Luft. Scheiße. Ich hätte es wissen müssen. Genau das haben sie wohl gesucht. Einen Wecker.

Wie sollte ich einen Wecker rechtfertigen, wo doch klar ist, dass »dieses faule Pack« nie früh aufsteht? Und wozu sollte es da einen Wecker benutzen, wenn nicht zum Bombenbauen?

Kolja Reichert

# LINIEN

Weit draußen, am Ende des Bahnsteigs, steht eine Gruppe Menschen, eng zusammengedrängt durch ein Quadrat aus gelben Linien. Sie rauchen schweigend, in ihr Schicksal ergeben. Ihre Blicke gehen an mir vorbei ins Leere, müde heben ihre zitternden Finger die glimmenden Stängel an die aschgrauen Lippen.

Ich blicke den leeren Bahnsteig entlang. Ich räuspere mich. Niemand reagiert. Ich gehe einmal links um das Quadrat herum. Dann rechts herum. Ich tippe einen der Eingepferchten an. Er schwankt leicht und führt dann wieder die Zigarette zum Mund, als würde er träumen.

Ich frage: »Fühlt ihr euch wohl?«

Ein paar müde Augen richten sich auf mich und wenden sich wieder ab.

Ich zucke mit den Schultern. »Hat jemand eine Zigarette?«

Aus dem grauen Mantelwald schiebt sich eine Schachtel. Ein kleines Flämmchen lodert auf. Das Faszinierende am Rauchen, denke ich, während ich an der Zigarette ziehe, ist nicht der Geruch oder der Geschmack. Sondern das Feuer. Ich blase den Rauch aus und rezitiere: »Die Perfektion der Macht vermag ihre tatsächliche Ausübung überflüssig zu machen; der architektonische Apparat ist eine Maschine, die ein Machtverhältnis schaffen und aufrechterhalten kann, welches von Machtausübenden unabhängig ist; die Häftlinge sind Gefangene einer Machtsituation, die sie selber stützen. Michel Foucault: *Überwachen und Strafen. Die Geburt des Gefängnisses*. Frankfurt am Main 1977, S. 258.«

Ich muss stark husten. Zu stark gezogen. Ich werde es nie lernen, würdevoll eine Zigarette zu rauchen. Erwartungsvoll blicke ich in die Runde, während sich wieder die graue Watte des Schweigens auf uns legt. Dann sagt einer: »Du stehst außerhalb der Linie.«

»Genau«, sagt ein anderer. »Da draußen darf man nicht rauchen. Man muss hinter die Linie.«

Ich blicke die beiden strafend an. Dann hole ich einen Stift aus der Tasche und male ihnen zwei sich kreuzende Linien über die Lippen. Jetzt sagen sie nichts mehr. Ich hole einen großen Radiergummi aus der Tasche und radiere eine der Linien auf dem Boden weg. Stumm folgen die dumpfen Blicke meinen Bewegungen und richten sich fragend wieder auf mich. Ich verlängere die Linien des Quadrates und schließe es ein Stück später wieder. Leise raschelt der Stoff, während sich die Raucher auf der gewonnenen Fläche verteilen. Ich radiere die neue Linie wieder weg und verlängere den Rahmen über den Bahnsteig, die Treppen hinunter und zum Schreibwarengeschäft in der Bahnhofshalle.

»Achttausend Radiergummis und achttausend Stifte«, sage ich an der Theke.

»Macht sechzigtausend Euro«, sagt die Verkäuferin.

Ich radiere die Preise auf den Preisschildern weg.

»Das stimmt dann so«, sagt die Verkäuferin. »Brauchen Sie eine Tüte?«

»Danke, nein«, sage ich. »Aber hier haben Sie einen Radiergummi.« Die Verkäuferin bedankt sich artig und beginnt, die restlichen Preisschilder im Geschäft auszuradieren.

Draußen hat sich eine riesige Menschenmenge in den Linien versammelt und wartet.

Ich rufe: »Wir sind nicht auf der Bühne und nicht auf den Rängen. Sondern eingeschlossen in das Räderwerk der panoptischen Maschine, die wir selber in Gang halten – jeder ein Rädchen. Michel Foucault: *Überwachen und Strafen. Die Geburt des Gefängnisses*. Frankfurt am Main 1977, S. 279.« Alle jubeln laut, ich verteile die Radiergummis und die Stifte, und wir legen los.

Wir gehen in die Geschäfte und radieren alle Preise weg. Sofort sind die Straßen voller glücklicher Menschen, die alles haben, was sie brauchen. Alle holen Radiergummis und Stifte und machen mit.

Wir radieren die Haltelinien vor den Ampeln weg und die Mittelstreifen und die Überholverbotslinien und die Fahrradwege. Dann malen wir alles voller Zebrastreifen.

Wenn Polizisten oder Wachleute anrücken, kreisen wir sie mit unseren Stiften ein und lassen sie stehen. Manchmal kommt jemand vorbei, gibt ihnen Radiergummis und Stifte, radiert die Linien weg, und die Polizisten machen mit.

Wir gehen zum Reichstag, radieren die Inschrift »Dem deutschen Volke« weg und schreiben: »Das Spiel der Zeichen definiert die Verankerungen der Macht. Michel Foucault: *Überwachen und Strafen. Die Geburt des Gefängnisses.* Frankfurt am Main 1977, S. 278.«

Sofort löst sich die Warteschlange der Touristen auf, die in die Reichstagskuppel wollen, und die Abgeordneten strömen singend die Freitreppe herunter, sie haben den Reichsadler dabei, den sie schwankend auf ihren Schultern balancieren, sie lassen ihn auf der großen Wiese zu Boden kippen, und alle radieren mit.

Wir gehen zur Deutschen Bank und ändern im Logo das Quadrat in einen Kreis. Dann stellen wir den schrägen Strich senkrecht. Sehr schön, ein Powerknopf. Ich drücke. Etage für Etage gehen die Lichter aus, und glücklich strahlende Menschen strömen auf die Straße. Alle haben Radiergummis und Stifte und singen rhythmisch: »Akkumulation der Menschen und Akkumulation des Kapitals können indes nicht getrennt werden. Michel Foucault: *Überwachen und Strafen. Die Geburt des Gefängnisses.* Frankfurt am Main 1977, S. 283.«

Plötzlich ist es still. »Etwas fehlt noch!«, ruft einer der früheren Bankangestellten.

»Stimmt!«, rufen die anderen. »Die Schulden! Wir haben die Schulden noch nicht wegradiert!« Sie rennen zurück ins Gebäude und treten mit feierlichen Mienen zurück auf den Platz, wo sie erwartungsvolle Gesichter empfangen.

»Und?«, fragt jemand. »Sind sie weg?«

Die früheren Bankangestellten nicken.

»Es ist gar nichts anders«, ruft ein kleiner Junge. »Es fühlt sich genauso an wie vorher.«

»Egal«, ruft jemand anders, »ich hab das mit den Schulden eh nie verstanden.«

»Wir auch nicht!«, rufen die Bankangestellten und lachen. Dann recken sie ihre Radiergummis und Stifte in die Luft, und wir ziehen wieder los.

Wir gehen in die Krankenhäuser und radieren die Krankheiten von den Rechnungen. Sofort sind alle gesund, sie bekommen Radiergummis und Stifte und machen mit. Wir gehen in die Schulen und radieren alle Tafeln und alle Stundenpläne aus. Die Schüler und Lehrer johlen, packen ihre Radiergummis und Stifte, reihen sich in unsere Linien ein und machen mit. Wir gehen in die Gefängnisse, radieren die Akten der Gefangenen aus und die Dienstausweise der Angestellten. Alle kriegen Radiergummis und Stifte und machen mit. Wir radieren alle unsere Personalausweise aus und schreiben: »Die Arbeiterklasse hat kein Vaterland.«

Dann radieren wir die Mauern der Asylbewerberheime weg und die Mauern der Flüchtlingsauffanglager, und dann malen wir ganz, ganz viele Brücken übers Mittelmeer.

Am Ende radieren wir noch die Grenzen weg, alles weg.

So, fertig. Sieht gut aus.

**Von:** allrighty@allmighty.de
**Betreff:** Wunschzettel
**Datum:** 6. Dezember 2011 02:26:55 MEZ
**An:** HausDesNikolaus@1und1.de

---

Lieber Nikolaus!

Na, alte Socke, wie geht's dir? Ich bin's, dein Gott. Mir geht's so lala. Ich geb's zu, ich hab wieder alles ein wenig schleifen lassen die letzten paar Tage. Oder sagen wir Monate. Jahre. Eigentlich hat mich seit dem Dreißigjährigen Krieg nichts mehr wirklich interessiert. Vielleicht war ich nicht immer ein guter Gott, aber drück doch mal für deinen Schöpfer ein Auge zu! Sonst drück ich dir beide zu. Haha. Nein. Im Ernst. Kommen wir zu des Pudels Kern: Ich hab mir das mit dem Weltfrieden doch noch mal anders überlegt und hätte jetzt lieber so ein neues Handy mit Touchscreen. Jesus fährt immer noch so auf Prinzessin Lillifee ab – boah ey! Ich sag dir, ich weiß nicht mehr, auf was für 'nem Trip ich war, als ich rosa erfunden habe – und der Heilige Geist wünscht sich wieder nur Klamotten, obwohl er die ja gar nicht anziehen kann, metaphysisch, wie er ist. Ach, ich erinnere mich noch, wie wir dich damals zusammen mit Coca-Cola in deren Konzernfarben neu eingekleidet haben. Steht dir wirklich gut.

Herzlichst,
dein Gott

P.S.: Jesus hat ja auch bald Geburtstag. Ich mach mir ein wenig Sorgen. Letztens bin ich U-Bahn gefahren, und da habe ich gelesen, dass die Kinder in Berlin heutzutage im Schnitt mit dreizehn das erste Mal Sex haben. Jesus ist ja nun schon etwas älter, und – nun ja – was meinst denn du dazu? Soll ich ihn mal auf die Erde schicken, damit er ein bisschen … na, du weißt schon … Also, um's mal klar und deutlich auszusprechen, dass er da unten ein bisschen … na, wir verstehen uns schon, nicht? Wenn er nur nicht immer wieder anfangen würde, an Händen und Füßen zu bluten, sobald er aufgeregt ist.

**Von:** HausDesNikolaus@1und1.de
**Betreff:** Re: Wunschzettel
**Datum:** 22. Dezember 2011 14:11:23 MEZ
**An:** allrighty@allmighty.de

---

Lieber Gott,

Samsung oder Apple? Das muss ich schon wissen. Laut der Chip-Bestenliste ist das Samsung Galaxy Nexus i9250 gerade das Topmodell, wobei ich persönlich aber mehr auf das iPhone 4S mit 64 GB stehe. Ist einfach so 'ne Glaubensfrage. (Unter uns, von Apple bekomm ich Provision.) Übrigens, ich weiß, du hast es nicht so mit ethischen Werten und Nachhaltigkeit, aber ... Worauf ich hinauswill: Ein echtes Bio-Handy gibt's leider nicht. Könnteste mal erfinden, beziehungsweise – wie nennste das immer? – schöpfen. Und wo du schon dabei bist: Ein sympathischer Internet-Provider wäre auch 'ne Marktlücke. Ich hab übrigens immer noch Stress mit 1&1. Scheiß-DSL geht immer noch nicht. Und weißte, was der Fuzzi in der Hotline zu mir sagt? »Selbst schuld. Das Prozesshafte ist doch schon in unserem Namen angegeben: ›1&1‹. Wenn wir zu einem Ergebnis kommen würden, würde die Firma ja ›2‹ heißen.« Wichser. Der kriegt 'nen digitalen Bilderrahmen zu Weihnachten. Freut er sich wahrscheinlich noch drüber. Anyway. Sag mal, diese Finanzkrise ... Da leihen also die maroden Staaten den maroden Banken mit Verlust Geld, welches die maroden Banken dann mit Gewinn den maroden Staaten leihen, die das Geld dann wieder mit Verlust den maroden Banken leihen. Damit willste die Leute schon verarschen, oder? Nun ja. Was soll man dazu noch sagen?

Amen,
dein Nikolaus

P.S.: Nee nee, lass den Jesus mal lieber, wo er ist. Das würde augenblicklich einfach zu viel Verwirrung stiften, wenn hier unten auch noch einer übers Wasser spaziert. Aber ich könnte dem Jungen natürlich auch ein neues iPhone mitbringen.

**Von:** allrighty@allmighty.de
**Betreff:** Re: Re: Wunschzettel
**Datum:** 22. Dezember 2011 23:50:08 MEZ
**An:** HausDesNikolaus@1und1.de

---

Lieber Nikolaus!

Dieser süffisante Unterton gefällt mir gar nicht. Das war ein schöner toter Planet, und glaub mir, hätte ich gewusst, was ich anrichte – ich hätte doch nie in diese dunkle Ecke gepisst. Also fang du mir nicht auch noch mit diesem Theodizee-Quark an. Was hab ich mit den Finanzmärkten zu schaffen? Ich hab das Geld nicht erfunden, und mal ehrlich, wenn ich das denen jetzt plötzlich wegnehmen würde, was glaubste, was das für ein Geschrei gäbe? Nee, ganz im Vertrauen, ich denk da an was Radikaleres. Nur ohne Arche. Anders gesagt: Wenn du Immobilien am Meer hast … Kleiner Tipp: Abstoßen. Doch zurück zum Thema. Ich hätte gerne das Samsung. Steve Jobs geht mir total auf die Nerven, seit er hier ist. Immer will er zu meiner Rechten sitzen. Jesus brauchst du kein neues Handy mitzubringen, dem schenk ich einfach mein altes. Aber bring du ihm trotzdem Prinzessin Lillifee. Sonst regt er sich wieder so auf, dass alle immer zwei Geschenke übers Jahr bekommen, nur er nicht, weil er zufällig Weihnachten auch Geburtstag hat.

Schöne Grüße,
Gott

Lieber Nikolaus,
meine Mama ist krank. deswegen
wünsche ich mir dieses Jahr keine
Geschenke ~~sos~~ sondern ich
wünsche mir nur, dass meine Mama
wieder gesund wird.
Liebe Grüße
Sarah, 5 Jahre

Liebe Sarah,

ich kann deine Mama nicht wieder gesund machen. Ich bin doch kein Arzt. Glaubst du ernsthaft, wenn ich sechs Jahre Medizin studiert hätte, würde ich den ganzen beschissenen Tag in diesem roten Fummel rumlaufen und mir grauenhafte Kindergedichte anhören, die falsch betont und schlecht gereimt sind? Erst nachdenken, dann dem Onkel Nikolaus schreiben. Wünsch dir doch lieber etwas Vernünftiges. Zum Beispiel ein neues Handy mit Touchscreen. Die netten Leute von Apple haben da etwas ganz Feines gebastelt. Das iPhone 4S mit 64 GB. Wie wär's denn damit?

Alles Liebe,
dein Nikolaus

P.S.: Arbeite an deiner Handschrift. Das kann ja kein Mensch lesen.

Lieber Nikolaus,

bitte, ich will nicht schon wieder Prinzessin Lillifee. Ich bin jetzt schon über 2000 Jahre alt und habe es satt, immer noch wie ein Kind behandelt zu werden. Ich will lieber, dass die Menschen in Harmonie leben, Friede auf der Welt herrscht und alle glücklich sind. Love, Peace and Happiness, verstehste?

Alles Gute,
Anonym

P.S.: Legalize it!

Jesus!

Hast du diesen anonymen Brief geschrieben? Junge, hör endlich auf, dich wie ein gottverdammter Hippie zu benehmen! The sixties are over! Geh zum Frisör und schlag dir die Revolution aus dem Kopf! Du bekommst von deinem Vater sein altes Handy und von mir ein Prinzessin-Lillifee-Schminkset, und damit hat sich's! Verdammt noch mal. Wenn du wie ein Erwachsener behandelt werden willst, dann benimm dich endlich wie einer. Nächstenliebe! So ein Schwachsinn! Ist doch wahr.

Nikolaus

P.S.: Und wenn ich dich noch mal in diesem Che-Guevara-T-Shirt erwische, dann gnade dir dein Papa …

Lieber Nikolaus,
ich find dich scheiße und dich
gibts gar nicht in echt. Du bist
nur eine Marionette der Industrie,
die uns ihre neuen Handys
mit Touchscreen andrehen will
Du bizt nur ein gemeiner, ~~verbitt~~
verbitterter, böser Tattergeis
der Probleme mit seinem
Gewicht hat und als Nebenve-
dienzt kleinen unschuldigen
Kindern Lügenbriefe als Antwort
auf ihre unschuldiges Wünsche
schreibt. ICH MAG DICH ~~[illegible]~~ NICHT!
Liebe Grüße
Sarah, 5 Jahre

Liebe Sarah,

du mich auch.

Schöne Weihnachten,
dein Nikolaus

P.S.: Ich hoffe, deinem Papa gefällt sein digitaler Bilderrahmen. Falls ihn die vorinstallierten, schreibgeschützten Fotos von meinem alten Sack stören, kann er gerne bei unserer Kundenhotline anrufen: 0900 – 6 6 6 [11].

---

11 Kosten Inland: Deine Seele/Anruf. Abweichungen bei Anrufen aus Mobilfunknetzen.

Sebastian Lehmann

# WEIHNACHTSGESCHENKE FÜR DIE ELTERN

Eltern haben schon alles. Sie brauchen nichts mehr. Sie sind alt und zufrieden. Es sind ja schließlich Eltern. Sie haben schon alles erreicht im Leben: gearbeitet, Kinder großgezogen, ihr eigenes Geld verdient und es ausgegeben. Das alles habe ich noch nicht gemacht. Also, Geld ausgegeben natürlich schon, ziemlich viel sogar, schließlich tippe ich diesen Text gerade auf meinem neuen MacBook Air, hach, da klingelt auch noch mein neues Samsung Galaxy Nexus i9250 … Aber das war ja nicht mein eigenes Geld, sondern das meiner Eltern. Trotzdem muss ich ihnen natürlich jedes Jahr irgendetwas zu Weihnachten schenken. Das ist eigentlich ziemlich paradox: Erst schenken mir meine Eltern ihr Geld, und dann muss ich dieses Geld nehmen und davon wiederum ihnen Geschenke kaufen.

Das ist ein wenig so wie gerade in Griechenland: Erst schenken Deutschland und die anderen Euroländer den Griechen ganz viel Geld, dann dürfen die davon aber ihren Bürgern nicht Renten oder Sozialleistungen auszahlen, sondern müssen es gleich wieder den deutschen Banken überweisen, denen sie ja noch so viel Geld schulden. Im Prinzip sind meine Eltern genauso neoliberal wie die Europäische Kommission!

»Mama und Papa«, habe ich also letzte Weihnachten unter dem Weihnachtsbaum gesagt, »dieses Jahr schenke ich euch nichts, ihr könnt mir einfach im Januar zehn Euro weniger überweisen und euch davon was Schönes kaufen oder ein Eis essen gehen. Na, wie ist das? Außerdem bin ich gegen eure neoliberale Sparpolitik, vielmehr müssen Nachfrage und Kaufkraft angekurbelt werden. Ich schlage also vor, ihr verdoppelt eurerseits mein Weihnachtsgeschenkgeld.«

Das fanden meine Eltern aber nicht so lustig. Und als ich im Januar auf meinen Kontoauszug schaute, waren statt der monatlichen Sofortrente, die meine Eltern mir sonst überweisen, nur zehn Euro auf meinem Konto. Am nächsten Tag bekam ich auch noch eine Postkarte von den Malediven, auf der nur stand: »Das Eis schmeckt gut hier, danke für dein liebes Weihnachtsgeschenk. Kuss, Mama und Papa.«

Das wiederum fand ich nicht so lustig, deswegen mache ich mir dieses Jahr schon früh Gedanken über ein passendes Geschenk für meine Eltern. Schließlich kann ich ihnen ja nicht wie früher einfach ein selbstgemaltes Bild schenken. Ich hatte so ab 25 auch das Gefühl, sie freuten sich nicht mehr so richtig über meine Bilder. An meinem 27. Geburtstag meinten sie schließlich, sie würden jetzt kein Kindergeld mehr für mich bekommen, ich sei also theoretisch gar nicht mehr ihr Kind, da brauchten sie auch nicht mehr so zu tun, als würden ihnen meine blöden Bilder gefallen.

Dieses Jahr schreibe ich also erst mal eine Liste mit möglichen Weihnachtsgeschenkideen für meine Eltern.

1. Ein gemeinsames Abendessen mit ihrem Sohn (ich) in ihrem Lieblingsrestaurant.
   **Vorteil:** Ich bekomme auch mal was Gutes zu essen.
   **Nachteil:** Wenn der Kellner die Rechnung bringt, muss ich meinen Eltern irgendwie beibringen, dass zwar von einem gemeinsamen Abendessen mit ihrem Sohn (ich) die Rede war, aber nicht davon, dass dieser Sohn (ich) auch die Rechnung bezahlt.
2. Ein Gutschein für ein Wochenende bei mir in Berlin mit einem abendlichen Besuch einer Theatervorführung.
   **Vorteil:** Im Theater muss man still sein, und mein Vater kann mir nicht die ganze Zeit vorhalten, dass er mich immer noch unterstützen muss.
   **Nachteil:** Meine Eltern kommen nach Berlin.
3. Mein eigenes Buch.
   **Vorteil:** Ich muss kein Buch bezahlen, ich habe von der ersten Auflage (2000 Stück) ja noch 1998 bei mir zu Hause rumliegen.

**Nachteil:** Sie haben es schon gelesen. Wer soll sonst die einzigen beiden Exemplare gekauft haben?

4. Sie dürfen endlich meine Freundin kennenlernen.
   **Vorteile:** Kostet mich nichts, ich muss nicht dabei sein, und meine Mutter ruft nicht mehr jeden Tag an und fragt, wann sie endlich meine Freundin kennenlernen dürfe.
   **Nachteil:** Meine Freundin hat mich gestern verlassen, als ich ihr gesagt habe, ich wolle sie an meine Eltern verschenken.
5. Einen netten und erfolgreichen Sohn. (Das sagt mein Vater jedes Jahr, wenn ich ihn frage, was er gerne zu Weihnachten von mir geschenkt bekommen würde.)
   **Vorteil:** Ich müsste endlich meinen Eltern nichts mehr schenken, denn sie hätten dann ja einen anderen Sohn.
   **Nachteil:** Sie könnten das falsch verstehen, außerdem hat Marc-Uwe schon eigene Eltern.

Jetzt fällt mir nichts mehr ein. Ich gebe es auf. Das ist doch alles nichts für meine Eltern.

Also gehe ich halt doch zu Thalia und kaufe meinen Eltern ein Buch. Da kann man wenigstens nichts falsch machen, über ein Buch freut sich schließlich jeder. Vielleicht ja einen Ratgeber oder so was. In der Seniorenabteilung finde ich auch sofort etwas Passendes, das Buch heißt: *Selbständig altern. Oder: Wege aus der Demenz, ohne seinen Kindern auf die Nerven zu fallen.*

Jetzt kann ich Weihnachten endlich total entspannt entgegenschauen.

Kolja Reichert

# FRAU SCHAUINSLAND HAT EINE GANZ KOMPLIZIERTE SPIEGELVORRICHTUNG

Der Tag, an dem Frau Schauinsland starb, war ein Novembertag im März. Es schneite, und die Taubenschwärme, die seit Tagen aufgeregt um die Gipfel der Hochhäuser getobt waren, um den Frühling zu begrüßen, saßen nun, tief geduckt in ihr Gefieder, auf meiner Balkonbrüstung und sahen still zu, wie ihnen das Schneegestöber die Show stahl.

Die Taube mit der weißen Kralle schabte mit der weißen Kralle und wandte den Kopf, um aus einem ihrer honiggelben Knopfaugen zu mir zu sehen, der ich, gewärmt von einem Glas heißer Milch, hinter der Fensterscheibe saß.

Manche sitzen drinnen und manche sitzen draußen, dachte ich. Am anderen Ende der Welt schlugen gerade Polizisten auf Demonstranten ein. So viele Tauben, dachte ich, und kein Frieden in der Welt. Der Kopf der Taube mit der weißen Kralle zuckte wieder zurück und blickte weiter in das weiße Treiben.

Eine Wand weiter saß Frau Schauinsland in ihrem Drehsessel und blickte zugleich nach rechts und nach links.

Die Wohnung von Frau Schauinsland hatte Fenster auf beiden Seiten des Hauses. So hatte sie immer die gesamte Stadt im Blick. In der Mitte der Wohnung stand ein Drehsessel. In dem lebte Frau Schauinsland. Ein besonders starkes Auswärtsschielen befähigte die würdige alte Baronesse, die Umgebung in einem Winkel von 270 Grad zu erfassen, ohne den Kopf zu bewegen. Alles im Leben hat zwei Seiten, sagte sie gerne, und sie wusste, wovon sie sprach.

Frau Schauinsland saß in dem Drehsessel und blickte aus den beiden Fensterfronten hinunter auf die große Stadt, über der die Schneeflocken stoben.

Wenn Frau Schauinsland mit einem sprach, drehte sie ihren Kopf zur Seite, wie es die Tauben tun. Frau Schauinsland konnte man nie direkt in die Augen gucken. Die Augen sind der Spiegel der Seele. Aber Frau Schauinsland hatte eine ganz komplizierte Spiegelvorrichtung. Ein bisschen wie die Spiegelschränke für das Badezimmer, nur dass die Türen immer offen stehen.

Ihre Augen waren mattgrau und erinnerten mich an die Schaufensterscheiben der verlassenen Ladenräume im Erdgeschoss. Im einen Auge hatte sie einen grünen Star, im anderen einen roten. So erschien ihr die linke Hälfte der Welt grün, die rechte rot.

Früher verlief an unserem Haus eine Mauer, die das Land teilte. Die eine Hälfte des Landes war sozialistisch, die andere kapitalistisch. Frau Schauinsland war damals wahrscheinlich der einzige Mensch, der immer beide Systeme zugleich im Blick hatte. Indem sie ihren Drehsessel regelmäßig wendete, war sie gegen ideologische Verblendung gefeit: Was sie durch die rosarote Brille sah, war eine Frage des Winkels.

Frau Schauinsland besaß ein Buch mit 3-D-Hologrammen. Das hatte ihr einst ihr Sohn geschenkt, bevor er im Krieg fiel. Wenn man das Buch mit einem aufgeschlagenen Hologramm langsam vom Kopf weg bewegte, war irgendwann der richtige Abstand erreicht, in dem die Augen die beiden Flächen des Hologramms in genau dem Winkel erfassten, in dem sich die Flächen überlagerten und eine räumliche Illusion erzeugten. Für Frau Schauinsland war es schwierig, diesen Winkel zu erreichen. Deshalb hatte sie es gerne, wenn ich zu ihr rüberkam und ihr erzählte, was ich in dem Buch sah.

Ich ging auch hinüber, um die Fenster zu öffnen und zu schließen. Wenn ich zum Schließen kam, musste ich immer erst warten, bis die Tauben von den Sessellehnen aufgeflattert waren, wo sie gerne um die Hausherrin herumstaksten und ihr durch das weiße Haar ins Ohr gurrten. Wenn ich in meinem Zimmer saß, wusste ich nie, ob ich von nebenan nur die Vögel hörte oder ob es nicht auch die Stimme einer alten Dame war, die da gurrte.

Da ich auch die Einkäufe für Frau Schauinsland tätigte, erhob ich mich an diesem Tag aus meinem Drehsessel und tätigte die Einkäufe für Frau Schauinsland. Außer den Kartoffeln, den Trüffelpralinen und dem Obstbrand nahm ich auch einen Strauß weißer Lilien mit, die sie so liebte.

Als ich in die Wohnung trat, war Frau Schauinsland aber gestorben. Ihre Augen waren noch immer auf beide Seiten der Stadt gerichtet, aber es war kein Leben mehr darin.

Ich schloss die Augen von Frau Schauinsland, dann die Fenster. Anschließend legte ich ihr die weißen Lilien in den Schoß, klemmte mir die Trüffelpralinen unter den Arm und ging hinaus.

Dort, wo ich gerade erst durch eine Tür eingetreten war, standen auf einmal zwei Türen offen. Beide führten in zwei identische Treppenhäuser, zwischen denen offenbar keine Verbindung bestand. Das eine war in grünes Licht getaucht, das andere in rotes. Das ist sie jetzt, dachte ich, das ist die Gabelung, nun musst du dich entscheiden.

TextBlatt Mittwoch, 21. Dezember 2011

# »ICH SCHÄTZE VOR ALLEM IHRE MÜTTER«

Für die Literaturzeitschrift TextBlatt begab sich die Journalistin Silke Müller-Säumelein nach München, um den Autor und Philosophen Wenzel Skowronek zu treffen.

*Der Himmel ist blau, kein Wölkchen ist zu sehen. Ich betrete das gemütliche kleine Eckcafé, nur um mich gleich wieder umzudrehen, denn ein Ruf erschallt hinter mir. Ich erkenne Wenzel Skowronek zuerst an den Augen. Es ist ein Strahlen in ihnen, welches ansteckt.*
*Er streckt seine große, aber weiche Hand aus und bittet mich, auf einem weißen Korbstuhl Platz zu nehmen. Nachdem ich mein Diktiergerät angeschaltet habe, beginnt er auch schon loszuträllern: ein reinigender Wasserfall der Worte …*

**Wenzel Skowronek**: Wenn Sie nichts dagegen haben, würde ich das Interview gern draußen machen. Erstens ist es so herrlich warm, zweitens inspirieren mich die Menschen, die hier vorbeilaufen. Es ist doch vor allem das Alltägliche, ganz Normale, welchem der größte Zauber innewohnt.
**TextBlatt**: Lieber Herr Skowronek…
**WS:** Nennen Sie mich bitte Wenzel …
**TB:** Lieber Herr Wenzel …
**WS:** Einfach Wenzel, ohne Herr, wir sind doch unter uns.

*Er lacht, seine Augen zwinkern schelmisch.*

**TB:** Lieber Wenzel, vielen Dank, dass Sie sich Zeit genommen haben, ein paar Fragen zu Ihrem aktuellen Roman *Der Bastard des Königs* zu beantworten. *(Ich deute auf die herrlich authentische Schreibmaschine, in der ein halbbeschriebenes Blatt Papier steckt.)* Aber ich bin neugierig: Woran arbeiten Sie gerade?

**WS:** Selbstverständlich an der Fortsetzung. Nach dem großen Erfolg meines Buches möchte ich jetzt natürlich nachlegen. Das ist der zweite Band, parallel arbeite ich aber bereits an den Büchern drei und vier.
**TB:** Toll!
**WS:** Ich tue, was ich kann.
**TB:** Wie soll der zweite Band denn heißen?
**WS:** *Die Mutter des Bastards*. Insofern ist die Fortsetzung eigentlich eine Rückblende. Mir ist daran gelegen, ihre Geschichte aufzuschlüsseln, greifbar zu machen, Bedeutungsräume zu füllen. Die schwere Bürde der Schwangerschaft allein tragen zu müssen, als Affäre eines charmanten, aber auch rücksichtslosen Tyrannen, war im Mittelalter ein Kampf gegen Windmühlen.
**TB:** Das kann ich mir vorstellen!
**WS:** Sicherlich kann man hier Parallelen zur heutigen Zeit ziehen. Immer mehr Ehen werden geschieden, immer mehr Mütter ziehen ihre Kinder allein auf.
**TB:** Das beschreiben Sie ja auch eindringlich in Ihrem Sozialdrama *Der Geheimbund der Nabelschnur*.
**WS:** Ich versuche nur, den Menschen den erhobenen Zeigefinger entgegenzustrecken, ohne ihnen damit direkt in die Augen zu stechen.

*Nach diesem weisen Satz verfällt er in eine Art Schreibmeditation. Ich nutze die Zeit und bestelle einen Latte macchiato, der, wie ich feststelle, liebevoll mit Zimt und Kakao bestreut ist. Nach ein paar Minuten ist sein Manuskript um einige Seiten reicher. Ich spüre, dass es nun an der Zeit ist, das Interview fortzusetzen.*

**TB:** Wenzel, kommen wir doch noch einmal zu Ihrem aktuellen Bestseller zurück. Der *Bastard* sprengt die Grenzen des bisher Gelesenen in diesem Genre deutlich. Wie kamen Sie auf die Idee, die Geschichte des Jungen aus der Sicht des Ringes zu erzählen, den er am Finger trägt? Das ist ja ganz schön innovativ.
**WS:** Eine große Geschichte bedarf einer besonderen Erzählweise. Der Ring sieht Dinge, die ein Mensch nicht sehen kann, das Elend auf den Straßen, die kleinen Gesten seiner Feinde, nicht zuletzt befindet sich der Ring an

der Hand, die unseren Helden zum Mörder macht. Ich habe bewusst darauf verzichtet, ihm einen Namen zu geben, schließlich ist er ohne Vergangenheit und lange Zeit, so scheint es, auch ohne Zukunft.

**TB:** Eine wichtige Rolle spielen sicher seine Freunde.

**WS:** Freunde spielen immer eine wichtige Rolle …

**TB:** Die Riesenelfe Kulmpf und der Mann-der-keiner-ist.

**WS:** Ich bekenne: Diese Figuren sind mir wirklich außerordentlich geglückt.

**TB:** Sie zeichnen Kulmpf als Allegorie für Treue und Wagemut, der Mann-der-keiner-ist steht für versteckte Schönheit, Anmut und Liebe.

*Eine junge Frau läuft an uns vorbei, einen Kinderwagen vor sich herschiebend. Der Wölbung ihres Kleides nach zu urteilen, befindet sie sich in anderen Umständen. Wenzel Skowronek sieht ihr nach und nickt anerkennend.*

**WS:** Schöner Anblick!

**TB:** Mögen Sie Kinder?

**WS:** Ich schätze vor allem ihre Mütter.

**TB:** Haben Sie Kinder?

**WS:** Ich behalte es mir vor, auf die richtige Frau zu warten.

**TB:** Huch, Sie sind Single?

**WS:** Momentan bleibt mir einfach keine Zeit, meine Aufgabe lässt es nicht zu. Es steckt also doch ein wenig von mir im Helden meiner Geschichte. Auch er muss immer wieder seine persönlichen Bedürfnisse für das Wohl der Welt zurückstellen.

**TB:** Und dann die anderen Themen: Grausamkeit, Hass, politische Intrigen, sogar die Pest.

**WS:** Wenn man einen historischen Roman schreibt, muss man sich an den historischen Fakten orientieren. Und das war nun einmal alles so damals, denke ich, irgendwie.

**TB:** Auf welche Quellen beziehen Sie sich?

**WS:** Größtenteils andere historische Romane. Ich respektiere und achte meine Kollegen. Besonderer Dank geht an dieser Stelle an Elke Zimmerer, die Autorin des Gossenromans *Die Schwester der Nichte der Gattin des Gerbergesellen*.
Um aber zu verfremden, habe ich eine eigene Welt erdacht.

**TB:** Ja, das Mittelreich, ein Land als Kontinent, mit allem, was man braucht: Berge, Feenwälder, Meere, florierende Städte, Raubritter. Das war für mich das beeindruckendste Kapitel, wo der Held die Horde von Raubrittern mittels eines einfachen Tricks …

**WS:** Wir wollen aber nicht zu viel verraten!

**TB:** Verzeihung. So viel darf ich aber sagen: Das erste Buch endet mit einer ungewollten Schwangerschaft.

**WS:** Das steht ja sogar auf der Klappe. Und das zweite Buch erzählt die Geschichte einer Schwangeren. Äußerst geschickt, finden Sie nicht?

**TB:** Der *Bastard* ist ja voller minutiöser Beschreibungen von Kämpfen, auch den inneren Kämpfen des Helden. Erwartet uns das im zweiten Buch auch?

**WS:** Sagen wir einmal so: Ich habe bestimmt ein Dutzend Mütter über das Gebären befragt. Dieser Vorgang, mit all den Schmerzen, all den unbeantworteten Fragen, wird ungefähr die Hälfte der Geschichte einnehmen. Aus welcher Sicht das Ganze erzählt wird, möchte ich allerdings noch nicht preisgeben. Das wird noch einmal spannend.

**TB:** Ist's der Mutterkuchen?

**WS:** Es geht in die Richtung.

**TB:** Ich bin schon jetzt gespannt wie ein Flitzebogen. Aber noch eine andere Frage: Sie werden in den Medien immer wieder angegriffen. Man beschreibt Sie als »durchgeknallt« und »ewig gestrig«. Den Eindruck habe ich ganz und gar nicht.

**WS:** Wie heißt es so treffend: Wer schön sein will, muss leiden. Bei Werken wie den meinen gibt es immer Neider. Auch die Bibel wurde nicht von jedem gelesen. Ich bin offenbar der Einzige, der mit meinem Erfolg umgehen kann.

**TB:** Aber Ihre Fans stehen hinter Ihnen.

**WS:** Dafür bin ich in jeder Sekunde meines Lebens zutiefst dankbar.

**TB:** Verraten Sie unseren Lesern und mir doch zum Abschluss noch die Namen der Fortsetzungen. Was folgt auf *Die Mutter des Bastards*?

**WS:** Der dritte Teil der Saga heißt *Das Geheimnis des Stadtschreibers von Quim*.

**TB:** Quim, die Zwergenstadt in den krysolischen Bergen.

**WS:** Korrekt. Der vierte und wahrscheinlich abschließende

Band heißt *Das Vermächtnis der Lerche*. Das wird mein persönlichstes Buch, hier hat der Autor, also ich *(hier muss ich lächeln, bei so viel Selbstlosigkeit),* einmal Platz, sich auszubreiten. Falls Sie es nicht wussten, Skowronek kommt aus dem Polnischen und bedeutet …

**TB:** … Lerche.

**WS:** Korrekt.

**TB:** Spannend.

**WS:** Aber das ist noch nicht alles. Das nächste Projekt beschäftigt sich mit dem Ausbau der Nabelschnur-Reihe, dann natürlich die Verfilmung des *Bastards*: An dieser Stelle kann auch das Geheimnis um den Koautor gelüftet werden.

**TB:** Ich habe gelesen, es soll eine Art Musical werden.

**WS:** Deswegen schätze ich mich glücklich, Xavier Naidoo dafür gewonnen zu haben. Seine aufwendigen Kompositionen werden gut mit meiner klangreichen Sprache äääh … klappen. In Planung ist des Weiteren eine Romanreihe über eine schwangere schlesische Päpstin zur Zeit des Dritten Reiches. Es gibt so viele Themen, die noch nicht beackert wurden. Außerdem muss ich mich noch auf meine Gastprofessur in Mannheim vorbereiten.

**TB:** Lieber Wenzel, vielen Dank für das Gespräch.

**WS:** Gern geschehen.

*Ich gehe nach drinnen, um zu bezahlen, selbstverständlich für uns beide. Das bin ich ihm schuldig. Als ich wieder herauskomme, sitzt Wenzel Skowronek bereits tief in Gedanken versunken über seine Schreibmaschine gebeugt. Seine Stirn liegt in Falten. Welch große Fragen er wohl gerade mit sich selbst bespricht? Die Antwort wird er uns bald geben. In seinem nächsten Buch.*

Wenzel Skowronek
**Der Bastard des Königs**
pillepalle-Verlag, Königs Wusterhausen 2010
2341 Seiten, broschiert
39,90 €
ISBN-13: 978-3-93842-484-1

Kolja Reichert

# NACH HAUSE

Es ist bestimmt das fünfzigste Taxi, das vorüberschleicht, so nah, dass ich nur die Hand ausstrecken müsste, um die Tür zu öffnen und im Warmen zu sein. Das Nummernschild kommt mir bekannt vor. Das habe ich doch vor einer Minute schon mal gesehen.

Es ist bestimmt das zweiundfünfzigste Taxi, das vorüberschleicht, so nah, dass ich nur die Hand ausstrecken müsste, um die Tür zu öffnen und im Warmen zu sein. Das Nummernschild kommt mir bekannt vor. Das habe ich doch vor zwei Minuten schon mal gesehen.

Es sind wohl wirklich immer dieselben Taxis, die an mir vorüberfahren. Sie kommen mit heulendem Motor um die Ecke geschossen, schalten schlagartig in den ersten Gang und kriechen in verführerischer Lässigkeit an meinen zitternden Füßen entlang.

Ganz langsam.

Lasziv.

Sobald sie sehen, dass ich noch nicht schwach bin, geben sie Gas und verschwinden um die nächste Ecke. Und dann – kommen sie wieder. Die kennen tatsächlich den Fahrplan, die Schweine. Die wissen genau, dass ich meinen Nachtbus knapp verpasst habe. Und dass es bitterkalt ist. Berlin. Im Juni.

Plötzlich bricht die Schlange ab, das Heulen der Motoren klingt nur noch als Echo in meinem Kopf. Ich sehe aus der Ferne, wie er sich nähert: der Nachtbus! Behäbig gräbt er sich die Straße herunter, ein stoischer Samariter, ein Licht am Ende und zwei vorne. Ich winke. Er gibt Gas – und rast an mir vorbei. Fassungslos starre ich ihm nach.

Wie Hohngeschrei setzt das Heulen der Taxis wieder ein. Es sind mehr geworden. Sie haben Verstärkung geholt und kriechen als endlose Kolonne im Kreis um mich herum. Alles dreht sich, und ich finde keinen Halt. Als wollte ich ein Karussell besteigen, das niemals anhält und mich niemals in seine Drehungen aufnehmen wird. Fortwährend schleichen die Taxis um mich herum, und in der Ferne rasen im Halbstundentakt die Nachtbusse vorbei, taub für meine Schreie. Wer weiß noch, woher sie kommen und wohin sie fahren? Gemeinschaft – was heißt das? Ich wusste es einst. Einstweilen sehe ich nur Isolierte, Versprengte, Suchende. Wie mich. Es bleiben nur die Taxis. Und jeder braucht sein eigenes Taxi, um den Weg durch die Wüste nach Hause zu finden. Und es ist kalt.

Das Quietschen von Kautschuk lässt mich zusammenzucken. Eine gelbe Wand schiebt sich von links in mein Sichtfeld. Ich höre das schwere Ausatmen einer Pneumatikleitung, und eine Tür gibt die Sicht in das Innere eines Busses frei. Vor Schreck weiche ich einen Schritt zurück. Ich treffe den fragenden Blick des Fahrers und trete aus Pflichtgefühl wieder vor. Dort bleibe ich stehen. Mein Kopf fühlt sich plötzlich sehr schwer an. Er senkt sich auf meine Brust. Meine Aufmerksamkeit verliert sich im Anblick der Bordsteinkante.

»Na?«, höre ich den Busfahrer wie aus weiter Ferne. »Möchten Sie mitfahren?«

Es klingt so freundlich. Unter großer Anstrengung schaffe ich es, mein Gesicht auf Augenhöhe zu bringen. Ich blinzle schwer und sage: »Ich bin betrunken.«

»Ja«, sagt er und bleibt regungslos. Er scheint noch immer auf eine Antwort zu warten. Ich möchte etwas sagen, da habe ich es schon wieder vergessen. Mein Kopf fühlt sich plötzlich sehr schwer an. Er senkt sich auf meine Brust. Meine Aufmerksamkeit verliert sich im Anblick der Bordsteinkante.

»Na?«, höre ich den Busfahrer wie aus weiter Ferne. »Möchten Sie mitfahren?«

Mühsam hebe ich meinen Kopf und suche den Blick des Fremden. »Fahren Sie jetzt los?«

»Na ja«, sagt er und lacht kurz, aber ohne jede Herablassung. »Was würden Sie an meiner Stelle tun?«

»Ich weiß nicht«, sage ich und zucke mit den Schultern. »Ich weiß es wirklich nicht.« Der Fahrer wirkt plötzlich sehr groß.

»Sie wirken plötzlich so groß«, sage ich zum Fahrer.

»Ja«, sagt der Fahrer und nickt nachdenklich. »Ich weiß. Oder besser – ich weiß es nicht. Ich vermute, dass es sich um eine Täuschung handelt.«

»Ja, stimmt«, sage ich. »Ich hatte Sie mit jemand anderem verwechselt.«

Ich drehe langsam den Kopf nach rechts und blicke die Straße entlang. Sie ist völlig leer. Nur eine Lidl-Tüte weht einsam über den Asphalt. Ein gelber Punkt jagt in der Ferne über eine Kreuzung.

»Wo müssen Sie denn hin?«, fragt der Busfahrer.

»Nach Hause«, sage ich.

»Ja gut«, sagt er, »das ist Ihre Sicht der Dinge. Aber versuchen Sie auch mich zu verstehen.«

»Es fällt mir zunehmend schwer, Sie zu verstehen«, gestehe ich. »Ich habe darüber hinaus sogar das Gefühl, dass Ihre Antworten nicht zu meinen Fragen passen.«

»Sie haben doch gar nichts gefragt«, sagt der Busfahrer. »Bisher war es noch immer ich, der die Fragen stellte.«

»Oh, ja, entschuldigen Sie bitte«, sage ich. »Ich hatte Sie mit mir verwechselt.«

»Das kann vorkommen«, sagt der Busfahrer. »Und kommt auch vor. Es wird ja auch zunehmend schwer, sich zurechtzufinden. Ich verwechsle mich auch manchmal mit mir selbst.«

»Oh, entschuldigen Sie«, stammle ich. »Das … das habe ich alles nicht gewusst.«

»Ist schon okay«, sagt der Busfahrer. »Steigen Sie ein. Ich fahre Sie nach Hause.«

»Wir sind die Mitte. Die Mitte von der Mitte von der Mitte. Mehr Mitte geht nicht.
Wir sind die Mitte. Wir sind so was von Mitte. Mitte. Mitte. Mitte.«
Angela M., deutsche Sachbearbeiterin und Mittelsfrau

»Der Mittelweg ist das Vorzimmer des Verrates.«
Ernesto G. de la S., argentinischer Mediziner

»Zur Mitte, zur Titte, zum Sack, zack, zack.«
Oscar W., irischer Zitateerfinder

»Wollt ihr die totale Mitte?«
Deutscher Trinkspruch

»La medi, c'est moi.«
Ludwig, der XIV.

You are here.

Die Mitte.

…

…

Die Mitte.

You are here.

Ludwig, der XIV.:
»La medi, c'est moi.«

Deutscher Trinkspruch:
»Wollt ihr die totale Mitte?«

Oscar W., irischer Zitateerfinder:
»Zur Mitte, zur Titte, zum Sack, zack, zack.«

Ernesto G. de la S., argentinischer Mediziner:
»Der Mittelweg ist das Vorzimmer des Verrates.«

Angela M., deutsche Sachbearbeiterin und Mittelsfrau:
»Wir sind die Mitte. Wir sind so was von Mitte. Mitte. Mitte. Mitte.
Wir sind die Mitte. Die Mitte von der Mitte von der Mitte. Mehr Mitte geht nicht.«

Maik Martschinkowsky

# DIE MITTELSTANDSBESCHIMPFUNG

oder

## Was ich der Mittelschicht schon immer mal sagen wollte. Bevor sie ausstirbt.

$$\overline{\chi}_{harm} = \frac{\eta}{\sum_{i=1}^{\eta} \frac{1}{\chi_i}}$$

Ihr: seidt heute
Über euch morgen
Unter euch gestern
Ihr seid: Mittelmaß, Durchschnitt, Querschnitt
Ihr seid: Größe M
Ihr seid: nicht ganz durch
Ihr seid so … geht so?
Nichts Halbes
Nichts Ganzes
Yin
Yang
Fashion
Halb so wild
Ihr seid normal verteilt!
Und ob ihr wirklich richtig steht, seht ihr, wenn …

Unter euch sind sie ungebildet und meckern
Über euch sind sie gebildet und handeln
»Äh … von allem ein bisschen. Aber nicht zu viel …«
Ihr seid der Filter

Ihr seid die Spielverderber
Ihr seid der Puffer zwischen oben und unten
Ihr seid die Waagnadel des sozialen Friedens
Ihr seid: das Sandwichkind der Ge-Schichte. n.

Richten Sie sich ein im Grandhotel »Abgrund«
Und genießen Sie den Komfort zweiter Klasse:
Mittelschlicht.

Ihr müsst auf der Hut sein
Ihr werdet paranoid
Jeder will euch streicheln
Ihr seid das Meerschweinchen der Zivilisation
*Fieep Fieep fiebfiebfiebfieb*

Ihr seid dick
Ihr achtet auf eure Ernährung
Ihr kauft bei Aldi
Ihr kauft bei Mercedes
Ihr … ihr … ihr habt mich finanziert. Vielen Dank.

Um euch wird gekämpft
Es gilt: euch zu Waren
Ihr werdet erforscht
Ihr werdet diskutiert
Ihr geht wählen
Ihr geht nicht wählen
Ihr geht wählen oder ihr geht nicht wählen
Ihr werdet beides bereuen.

Parlamentologen tragen Schicht für Schicht ab
Und präparieren ein Fossil zur Ansich t t t

Ihr seid politisch real
»Rechtsextrem und linksextrem sind im Grunde gleich zu sehn!«
Ihr habt Angst um eure Werte

Ihr habt Angst um eure Autos
Ihr habt Angst vor Trabbis
Ihr habt Angst um euren Arbeitsplatz
Ihr habt – keine Ahnung
Aber was man hat, hat man!

Ihr habt Peymann, Sloterdijk und Günter Grass
Irgendwann kriegt ihr sie alle!
Oben zitieren sie Brecht
Unten zitieren sie Brecht
Und ihr seid euch nicht sicher: Wer hat denn recht?
»Und Herr Meier ward verschwunden
Und so mancher reiche Mann
Und sein Geld hat …«

Viele von euch haben Büchner, Heine, Dostojewski im Regal
Manche von euch betonen, sie hätten Marx gelesen
Manche von euch halten Marx für einen russischen Diktator
Manchmal sagt ihr: Das wird man ja wohl noch sagen dürfen
Einige von euch empört das!
Aber zum Glück – gibt es Leserbriefe

Ihr müsst den Gürtel enger schnallen. (*Ihr Amen!*)
»Es muss sich was ändern!«, ruft es von oben
»Es muss sich! was ändern!«, ruft es von unten
Und ihr sagt: »Ja, ja, so ist das«
Ihr bleibt sachlich
Ihr wollt euch finanziell absichern
Ihr seid froh, dass ihr ein Auskommen habt
Ihr meldet Insolvenz an
Ihr werdet subventioniert
Unter euch Schmarotzer
Über euch: Leute mit Verantwortung

Ihr sagt: »Was die Linke da manchmal sagt, das klingt ja ganz vernünftig«
Aha
Ihr sagt: »Die CDU, die holt da jetzt … die Scheiße wieder, also den Karren da raus, wo die SPD den da reingefahren hat!«
Oder so was in der Art
Manchmal sagt ihr, dass da mal einer ausspricht, was alle
Denken
Einige von euch empört das!
Aber zum Glück gibt es ja – Leserbriefe

Ihr habt einen Tisch
Und darunter sind Füße
Eure Kinder werden Angestellte, Selbständige, Lehrer, Polizisten, Physiotherapeuten, Künstler, Grüne, Bürgerrechtler, Liberale, Pop-Linke, Neokonservative, zuweilen Steinewerfer

Ihr Alltagshelden!
Ihr Galionsfiguren!
Ihr … Hüftspeckpestilenz

Ihr Nullteiler
»Man muss auch mal Überantwortung vernehmen!«
Sagt ihr
Und ihr – seid der Mittel punkt punkt punkt

Marc-Uwe Kling

# DER TOD DES MARQUIS DE CAMEMBERT

Wir sitzen auf den Treppenstufen vor einem imposanten Gebäude und ruhen uns aus. Das Känguru leckt an einem Dauerlutscher.

»Schmeckt das nicht total widerlich?«, frage ich.

»Als ich klein war, im Osten, habe ich immer meine Putzizahnpasta gegessen, weil wir keine Süßigkeiten hatten«, sagt das Känguru. »Erzähl mir nix von widerlich.«

Schnellen Schrittes kommt plötzlich ein Security-Mann auf uns zu.

»Aufstehen!«, ruft er schon von weitem. »Das ist verboten, ihr Schwachmaten! Verpisst euch, aber plötzlich!«

Ich stehe augenrollend auf. Das Känguru bleibt sitzen und leckt demonstrativ an seinem Lutscher.

»Hörst du schlecht?«, ruft der Mann. »Bist du Mongole? Verpiss dich von der Treppe!«

Das Känguru räuspert sich.

»Guter Mann!«, sagt es freundlich und nimmt den Lutscher in die Pfote. »Ich habe Ihr Anliegen – auch wenn Sie sicherlich mongoloid und nicht Mongole meinten – sehr wohl verstanden. Ihnen liegt anscheinend viel an dieser Treppe. Auch ich finde, dass Treppen etwas Hervorragendes sind. Etwas so Ausgezeichnetes sogar, dass sie meiner bescheidenen Meinung nach ohne Probleme mit dem Rad, dem Nudelsalat und der Schnapspraline um den Titel ›größte Erfindung der Menschheitsgeschichte‹ konkurrieren könnten, hätten sie nicht einen eingebauten Konstruktionsfehler: Man kann so wunderbar auf ihnen sitzen. Ich interpretiere Ihre eher durch Lautstärke denn durch feine Wortwahl auffallenden Äußerungen nun dahingehend, dass Sie genau auf diesen Punkt anspielen wollten, denn sitzen nicht nur einer, sondern vielleicht mehrere oder gar viele auf einer Treppe, ist deren ursprüngliche Funktion kaum noch gewährleistet. Da der Babylonier, Ägypter oder US-Amerikaner, der die Treppe dereinst erfand, dieses Problem nicht bedachte, erachten Sie, guter Mann, es anscheinend als Ihre Aufgabe, mit recht unhöflichem Gehabe die Funktionsweise der Treppe weiterhin zu garantieren. Das ist im Prinzip Ihr gutes Recht, vielleicht sogar Ihre Pflicht, aber haben Sie doch die Güte, mir zu erlauben, Ihnen in aller Kürze eine kleine, aber aufschlussreiche Geschichte zu erzählen.«

»Äh …«, sagt der Mann.

»Fein«, sagt das Känguru und leckt an seinem Lutscher. »Nun denn: Wenn man die Höflichkeit nämlich nach ihrer Herkunft befragt, erzählt sie uns etwas vom Verhalten am Hofstaat, in dem sich die Adligen untereinander höflich behandelten, im Gegensatz zum Verhalten der Gemeinen unter sich oder auch der Adligen gegenüber den Gemeinen, welches man dann als unhöflich beziehungsweise gemein bezeichnete. In diesem Sinne war der höflichste Mensch, von dem ich je gehört habe, wohl der auch Ihnen sicherlich bekannte Marquis de Camembert, ein Enkel eines entfernten Cousins der großen Comtesse de C'est bon C'est bon Géramont Géramont. Sie kennen die Familie sicherlich aus dem dritten Teil von Prousts *À la recherche du temps perdu*, der ja sogar heißt *Die Welt der Géramonts*. Der Marquis de Camembert jedenfalls lebte von 1620 bis 1663 – aber wem erzähle ich das – unter Louis XIV. am Hof von Versailles und damit wohl unter den *höflichsten* Menschen, die man sich vorstellen kann. Die Ereignisse vom 4. September 1663 bedürfen nun einer näheren Beschreibung, um das ganze Ausmaß der Höflichkeit des Marquis greifen zu können. So hatte der König just an diesem Tage zu einem Festessen geladen. Der Grund hierfür – falls es einen gab – ist leider nicht überliefert, aber er soll uns auch nicht weiter interessieren. Wichtig ist nur, dass der Marquis an jenem Tage viele Besuche zu machen hatte und natürlich aus Höflichkeit mit jedem seiner Gastgeber, sagen wir, eine Flasche Biobrause Dragonfruit-Bärlauch trank. Gegen Ende des Tages musste er sich aber sputen, um nicht zu spät zur Tafel des Königs zu erscheinen, was in diesen Zeiten wohl den Gipfel der Unhöflichkeit markiert hätte. Vor dem Betreten des Speisesaals wollte er noch schnell einem unangenehmen Drang durch den Besuch des Aborts abhelfen, doch ließ er dem Baron Gruyère – oder Greyerzer, wie ihn die Schweizer nannten –, den ähnliche Probleme drückten, aus Höflichkeit den Vortritt und setzte sich selbst unerledigter Dinge an die Tafel, von der – so gebot es die Höflichkeit – man natürlich nicht einfach so aufstehen konnte, um auf den Abort zu gehen. So waren die folgenden Stunden für den Marquis wahrlich keine Freude. Aus Höflichkeit überspielte er natürlich seinen Seelenzustand, doch wirkte er den ganzen Abend etwas verkniffen, wie später ausgerechnet der Baron Gruyère des Öfteren gerne erwähnte. Auch war es der Baron, der den Marquis laut frug, warum er denn nichts trinke und ob dem Marquis der Wein des Königs denn nicht schmecke, also begann der Marquis – aus Höflichkeit – wieder zu trinken, und der König achtete auch schön darauf, dass ihm kräftig nachgegossen wurde. So kam es, dass der Marquis im Laufe des Abends aus Höflichkeit starb, denn es platzte ihm nicht die Geduld, sondern die Blase, was allerdings der Rest der Gesellschaft ironischerweise als ziemlich unhöflich ansah. Nun, guter Mann, werden Sie sicherlich – und das zu Recht – einwenden, dass, medizinisch betrachtet, Blasen nicht platzen können, sondern dass der Urin wieder dahin steigt, wo er herkam, also in die Niere, und man sich auf diese Weise eine Blutvergiftung holt, aber vorher würde man sowieso ohnmächtig werden, und in dieser Ohnmacht würde sich der Schließmuskel von selbst öffnen. Der menschliche Körper besitzt also quasi einen Schutzmechanismus gegen Sterben aus Höflichkeit, und das ist genau das, worauf ich hinauswollte.«

Das Känguru lächelt den Sicherheitsdienstleister an. Dieser blickt irritiert zurück.

»Es ist nicht lebensgefährlich, ein wenig freundlich zu sein«, sagt das Känguru. »Es hat sich noch niemand beim Lächeln verletzt, oder wie Al Capone zu sagen pflegte: ›Mit einem Lächeln und einer Knarre kommt man weiter als nur mit einer Knarre.‹ Oder als nur mit einem Lächeln? Nun ja. Egal. Wir wollen von der Metapher lassen, denn jede Metapher kann man ja überstrapazieren, bis sie – nun ja – bis sie platzt, platzt wie die Blase des Marquis, meine Botschaft an Sie, was ich Ihnen eigentlich nur zu verstehen geben will, mein lieber Freund: FICKEN SIE SICH INS KNIE!«

Bei den letzten Worten springt das Känguru auf, tritt dem Mann zwischen die Beine, steckt sich lässig seinen Lutscher wieder in den Mund und hüpft davon.

Schmerzverzerrt lässt sich der Mann auf die Treppenstufen sinken.

»Verzeihung«, sage ich. »Aber das Sitzen auf diesen Treppenstufen ist leider verboten.«

BIG WATCHER
IS BROTHERING
YOU

Sebastian Lehmann

# MEINE JUGENDKULTUREN 6–7

## 6 Wie ich einmal Autonomer war

Es ist der 2. Mai. Ich und meine Freunde Dirk und Florian sitzen in der Villa von Dirks Eltern in Zehlendorf. Viel unpassender geht es als Autonomer eigentlich nicht.

Wir wollten gestern eigentlich nach Kreuzberg fahren, um gegen den Kapitalismus zu demonstrieren, aber wir mussten stattdessen mit unseren Eltern eine Maiwanderung in der Uckermark machen. Dafür trugen wir alle schwarze Kapuzenpullis und Sonnenbrillen, außer Dirk, der hatte einen lila Batik-Pulli an, weil alles Schwarze gerade in der Wäsche war. Die Uckermärker dachten aber, wir wären Nazis, weil in der Uckermark alle Jugendlichen Nazis sind, und haben uns mit Steinen beworfen. Dafür zündeten wir eine uckermärkische Pferdekutsche an, denn in der Uckermark gibt es ja keine Autos.

»Was machen wir denn heute?«, frage ich in die Runde.

»Wir könnten in eine Villa einbrechen, alle Möbel umstellen und ein Plakat aufhängen, auf dem steht: Die fetten Jahre sind vorbei«, schlägt Flo vor.

»Och nö«, sagt Dirk, »danach wollen meine Eltern wieder, dass ich alles aufräume, wenn ihr weg seid.«

»Dann zünden wir halt ein paar Autos an«, ruft Flo und reckt seine Faust in die Luft.

»Heißen Autonome eigentlich Auto-nome, weil sie immer Autos anzünden, deren Namen bzw. Marken sie kennen?«, fragt Dirk.

Manchmal frage ich mich, ob Dirk wirklich der Dümmste von uns ist oder einfach nur einen ziemlich guten Humor hat.

Wir ignorieren Dirk und lassen uns von seinem Vater mit dem schwarzen Porsche Cayenne nach Kreuzberg fahren, vielleicht können wir da noch ein bisschen Randale machen. Am Kottbusser Tor versuchen wir, einen Einkaufswagen vorm Kaiser's anzuzünden, aber Dirk verbrennt sich am erhitzten Metall, das er mit dem Feuerzeug anzünden wollte, und fängt an zu weinen.

Plötzlich sehen wir, wie der Porsche Cayenne von Dirks Papa in Flammen aufgeht, weil ein paar schwarzgekleidete Kollegen von uns ihn angezündet haben.

»Da war aber noch mein Antifa-Mitgliedsausweis drin«, ruft Flo und beginnt auch zu weinen. Daraufhin beschloss ich, mich von den Autonomen abzuwenden, und wurde Öko.

## 7 Wie ich einmal Öko war

»Also, mein lieber Freund Sebastian«, sagt mein lieber Freund Florian, »ich hab dich gestern gesehen, wie du aus dem Aldi rausgekommen bist, vollbeladen mit River Cola und Dosenbier, da war ich echt total voll enttäuscht von dir, lieber Sebastian, weil du gar nicht mehr an Afrika denkst.«

»An das total arme Afrika«, sagt mein anderer lieber Öko-Freund Dirk und beißt von seiner Bio-Roggenstulle mit Dinkeleinlage und Rohmilchkäse fair gehandelt aus der Schweiz ab.

Wir sitzen im Prenzlauer Berg in einem Eltern-Kind-Café – als einzige Männer –, trinken entkoffeinierten, fair gehandelten Bio-Milchkaffee aus Nordmexiko, den blinde und homosexuelle Waisenkinder, deren Eltern von den USA gefoltert und ermordet wurden, weil sie sozialistische Rebellen waren, mit bloßen – und mit extra aus Deutschland eingeflogener Bioseife gewaschenen – Händen gepflückt und mit ihrer eigenen Körperwärme geröstet haben. Er schmeckt scheiße.

Leider hatte uns Flos Vater mit seinem neuen Porsche Cayenne (er war natürlich gegen Revolution versichert) von Zehlendorf hierher gefahren, was unsere Ökobilanz ziemlich in den Keller gezogen hat. Eigentlich dürften wir heute nur noch im Bett liegen und nicht atmen. Dabei wollten wir nachher doch noch zur Fahrrad-Sternfahrt gegen Massenobsthaltung in Supermärkten. Aber ohne großes Auto im Prenzlauer Berg fühlt man sich irgendwie nicht dazugehörig.

Aber immerhin tragen wir alle weiße Hosen und Hemden aus Leinen, weil dieser Stoff so toll atmungsaktiv ist und wir ja natürlich kein imperialistisches Deodorant benutzen, sondern nur einen Kristallstein und deswegen in normalen Kleidern sehr stinken würden. Allerdings stinken wir auch so, und echte Leinenkleider haben wir auch keine, weil die so teuer sind. Stattdessen haben wir uns einfach unsere Bettbezüge umgewickelt.

»Ich könnte jetzt ein Bio-Sellerie-Walnuss-Vollkornbrot vertragen und dazu vielleicht einen frisch gepressten Karottensaft aus der Uckermark«, versuche ich von meinem Aldi-Malheur abzulenken.

»Fair gehandelt?«, fragen Flo und Dirk gleichzeitig.

»Fair gehandelt aus der Uckermark?«, stammle ich hilflos.

»Natürlich!«, schreit Flo. »Oder bist du etwa ein amerikanisches Imperialistenschwein, das arme uckermärkische Bauern verhungern lassen will?«

Die beiden schauen mich aggressiv an, und Flo nimmt einen Weidenstab aus der Café-Deko und schlägt mir damit auf den Hinterkopf.

Da beschloss ich, mich von der Öko-Bewegung abzuwenden, und wurde satanistischer Dark-Metaller.

Julius Fischer

# PLATONISCHES PLAUDERN MIT PHILOSOPHIERENDEM PROLL 2

## Stochastik

Enrico liegt auf dem Tresen, den Kopf in seiner linken Armbeuge. Aus seinem Mundwinkel läuft Speichel, nicht viel, aber stetig. Ich stupse ihn an. Er schreckt hoch, sieht sich um, die Faust um einen Schlagring mit Dynamo-Dresden-Emblem geballt, erkennt mich und ruft aus: »Alder, wie krass sind eigentlich manche Zufälle?!«

»Welche zum Beispiel?«

»Na ja, dass ich dich heute getroffen habe …«

»Das kannste nicht wirklich Zufall nennen.«

»Na, und dass wir hier ä schönes Bierchen trinken!«

»Das kannste nicht wirklich trinken nennen.«

»Wieso, wie lange habsch gepennt?«

»Stunde oder so, weiß ich nicht, bin auch gerade erst wieder aufgewacht. Jedenfalls ist das nicht wirklich ein Zufall, dass wir uns hier in Dresden getroffen haben.«

»Aber du wohnst doch jetze in Leipzsch.«

»Jetze ist gut, seit acht Jahren schon.«

»Was weeß ich denn von deinem Leben, du meldest dich doch nie.«

»Na ja, sei's drum, sorry, dass ich deinen Junggesellenabschied verpasst hab, da hatte ich was zu tun.«

»Wär wahrscheinlich eh nischt für dich gewesen. Wir waren saufen bei de Tschechen, direkt an der Grenze. Und dann ham wir uns mit so een paar Typen gekloppt.«

»Dachte ich mir!«

»Wieso, willste jetzt sagen, ich bin übelst brutal oder was …? Ich hab dich was gefragt! Soll ich dir erst eine fatschen?«

»Q.e.d., mein Lieber!«

»Was für ein D? Ich kenn nur QVC!«

»Q.e.d. steht für quod erat demonstrandum oder auch w.z.b.w.: was zu beweisen war.«

»Mathe oder was?«

»Genau, mit den Mitteln der Mathematik, genauer gesagt der Stochastik, kann man relativ genau beweisen, warum das gar nicht so ein krasser Zufall ist, dass wir hier gerade saufen.«

»Stacheltik? Was?«

»Wahrscheinlichkeitslehre.«

»Ach so! Von wegen: Mein letztes Arbeitsverhältnis war scheinlich das schlechteste.«

»Ja, genau so. Also, um es mal nett auszudrücken: Deine Tätigkeit als Dynamo-Hool…«

»Ultra, danke!«

»Bitte! Diese deine Leidenschaft, die auch irgendwie Eigenschaft ist, nennen wir sie einfach Leigenschaft, ist nicht nur dafür verantwortlich, dass du dich prügelst, wo immer du kannst …«

»Ja, kann schon stimmen!«

»… sondern auch der Grund dafür, dass wir uns heute getroffen haben. Dazu kommt noch meine Leigenschaft, das Dichten und Vorlesen, was ich relativ häufig in Dresden mache, obwohl ich in Leipzig wohne, weshalb ich an- und auch wieder abreisen muss.«

»Logo.«

»Da auch du mit dem Zug zum Heimspiel fährst, um ordentlich saufen zu können, und ich die Angewohnheit habe, lange zu schlafen – ich liebe Schlafen – und in der Regel gegen zwölf Uhr die Stadt zu verlassen, ist die Möglichkeit, dass wir beide uns am Hauptbahnhof treffen, zumindest gegeben. Dass wir uns freuen, einander wiederzusehen – logisch, was geht!«

»Nu dlar! Komma her, lass dich knuddeln!«

»Ey, shakes peare doch nicht so!«

»Witzig. Wortspiele oder was?«

»Dass ich dann mit ins Stadion komme und noch eine Karte kriege, ist auch klar, Dynamo halt, dass wir danach saufen gehen, liegt in unserer Natur, das Einzige, was an unserem Treffen völlig unwahrscheinlich ist, ist …«

»Ich liebe dich!«

»Hä?«

»Na, das ist unwahrscheinlich. Ich bin ja ni schwul.«

»Quatsch, das Einzige, was geradezu einem Wunder gleichkommt, ist ...«

»Du bist ni schwul.«

»Lass mich doch mal ausreden. Der einzige unbekannte Faktor ist deine Laune, die ja abhängig ist vom Spielverlauf.«

»Na, Dynamo hat 5:1 gewonnen!«

»Weshalb ich mich glücklich schätze, mit einem gutgelaunten Enrico Wiedersehen zu feiern.«

»Was soll denn das heißen?«

»Nichts, ich sage nur, es ist relativ unwahrscheinlich, dass ...«

»Dynamo gewinnt, oder was? Das sind genau die Momente ...«

»Welche Momente?«

»... wo die Wut über die Wahrscheinlichkeit triumphiert. Wo ich einfach ohne Rücksicht auf Verluste loskloppe. Ich bin nämlich eigentlich übelst friedliebend.«

»Aber ein kleiner Teil von dir ist nun mal ein Tier, da kannst du gar nichts gegen tun. Was du aber tun kannst ist: meinen Kragen wieder loslassen.«

»Tut mir leid, wenn es um Dynamo geht, bin ich keen Mensch mehr. Da bin ich nur noch Fan.«

»Ist okay. Wir quatschen einfach über was anderes. Bier zum Beispiel. Ich war ja noch nie Fan des Radebergers, also des Bieres, nicht des Bewohners der Stadt Radeberg. Man muss eine Menge davon getrunken haben, bis es einigermaßen gut schmeckt. Auch Bier kann man sich schöntrinken.«

»Da kannste Gift drauf nehmen!«

»Das hat der Apotheker damals auch zu Romeo gesagt.«

»Das war ooch een krasser Zufall, dass die Alde dann genau in dem Moment aufwacht, wo der stirbt.«

»Nee, eben nicht. Das nennt man Dramaturgie. Geht nur im Theater. Wäre ja auch langweilig sonst. Wenn alles immer gut läuft oder total schlecht läuft. Es muss ja auch auf und ab gehen, nichts ist langweiliger als ein Spaceshuttlestart, bei dem alles funktioniert. Beim Biertrinken ist das anders, da läuft manchmal Schlechtes sehr gut, wie dieses Radeberger, und anderntags kommt man beim Anstechen einer tschechischen Bierspezialität dermaßen ins Schlingern, dass es eine Art hat. Zufälle sind, wenn man darüber nachdenkt, unglaublich selten. Also zumindest, wenn man die Strukturen der Welt durchschaut, Physik, Quantenbewegungen. Dass du jetzt beispielsweise schon wieder eingepennt bist, kann mich in keiner Weise überraschen.«

»…«

Sebastian Lehmann

# SCHLAFEN

Ich bin so müde. Ich bin so unendlich müde. Ich will immer schlafen. Schlafen. Wenn ich in letzter Zeit gegen drei Uhr mittags nach fünfzehn Stunden Schlaf aufwache und aufstehen muss, denke ich oft: Ich will nicht viel. Manche wollen zum Beispiel ein Studium in Regelstudienzeit beenden oder das neue Samsung Galaxy Nexus i9250. Andere wollen Frieden oder die Welt verstehen. Ich dagegen will nichts Unerreichbares. Ich will einfach nur schlafen. Die ganze Nacht. Augen zu und schlafen.

Ich schlafe auf der Couch vor meinem Fernseher. Da klingelt es an der Tür. Ich wache auf und schlafe sofort wieder ein. Es klingelt an der Tür. Ich wache auf – und schlafe sofort wieder ein. Es klingelt an der Tür. Ich wache auf, erhebe mich von meiner gemütlichen Fernsehcouch und schlurfe zur Tür. Man muss aber wissen: Ich bin sehr aggressiv, wenn man mich aufweckt.

Vor der Tür steht ein schwarzgekleideter Mann mit einem Zylinder auf dem Kopf. Sein Gesicht ist völlig verdreckt. Er lächelt mich an und fragt, ob er mal in meinen Schornstein reinschauen dürfe.

»Ich habe geschlafen«, sage ich.

»Das tut mir leid«, sagt er.

»Mir auch.«

Der dreckige Zylindermann schaut mich irritiert an. Ich hasse ihn.

»Das tut mir leid für dich«, sage ich.

»Entschuldigen Sie mal, aber …«

»Nein«, sage ich. »Ich habe geschlafen. Und niemand, wirklich niemand hat das Recht, mich aufzuwecken, verstehen wir uns, Freundchen? Niemand weckt Sebastian ›The Sleeper‹ Lehmann ungestraft auf.«

Der Zylindermann will wieder etwas sagen, aber ich haue meinen Kopf gegen seine Stirn und boxe ihn in den Bauch, so dass er schlaff zu Boden sinkt. Dann schließe ich die Tür, obwohl sein Kopf noch dazwischenliegt, gehe zurück in mein Zimmer und lege mich auf meine gemütliche Fernsehcouch. Ich will nicht viel. Ich will einfach nur schlafen. Die ganze Nacht. Augen zu und schlafen.

Ich liege in der Uni und schlafe. Da kommt der Professor zu mir, weckt mich auf und sagt, in seinem Seminar wird nicht geschlafen. Ich hasse meinen Professor.

Ich sage: »Ihr Seminar ist aber langweilig.«

»Sie müssen ja nicht hier sein.«

Ich sage: »Langweilig.«

»Sie haben doch längst Ihr Studium abgeschlossen.«

Ich sage: »Langweilig.«

»Ich fordere Sie jetzt auf, mein Seminar zu verlassen.«

Ich sage: »Langweilig.«

»Wollen Sie mich provozieren?«

»Sie provozieren mich. Sie haben mich aufgeweckt. Und niemand, wirklich niemand weckt den Sleeper ungestraft auf, haben wir uns verstanden, Sie aufgeblasenes Mamasöhnchen in Ihrem peinlichen Cordanzug?«

»Aber ich bitte Sie, so redet man doch nicht mit einem Professor, ich verbitte mir …«

Der Professor kann seinen Satz nicht beenden, weil ich ihm seinen blöden Seminarordner in die Fresse gerammt habe. Anschließend trete ich ihm in die Eier und stecke ihm seine hässliche Professorenbrille in den Arsch, bis sie vorne wieder rauskommt. Ich hatte ihn ja gewarnt. Ich will nicht viel. Ich will einfach nur schlafen. Die ganze Zeit. Augen zu und schlafen.

Ich liege vor meinem Computer mit dem Kopf auf dem Schreibtisch bei der Arbeit und schlafe. Da kommt mein Chef und weckt mich. Ich hasse meinen Chef.

Er ruft: »Wenn Sie noch einmal bei der Arbeit einschlafen, dann werf ich Sie raus.«

Ich hasse ihn wirklich sehr.

»Ich glaube, ich werfe eher Sie raus«, sage ich.

»Ach ja? Wie wollen Sie das denn machen, ich bin hier der Chef.«

Ich nehme den Chef und werfe ihn aus dem Fenster. »So«, rufe ich dem Chef hinterher. Nach zwanzig Sekunden höre ich den Aufprall. Das Büro ist im vierzehnten Stock. Niemand weckt ungestraft den Sleeper. Ich will nicht viel. Ich will einfach nur schlafen. Immer. Augen zu und schlafen.

Ich wache auf. Ich weiß nicht, wieso ich aufgewacht bin. Der Sleeper wacht nicht einfach so auf. Der Sleeper wird nur aufgeweckt, und das findet der Sleeper gar nicht gut. Der Sleeper greift neben das Bett, wo immer seine Sonnenbrille liegt, und setzt sie auf. Der Sleeper mag kein Licht. Der Sleeper ist jetzt ganz ruhig und versucht herauszufinden, wer oder was ihn aufgeweckt hat. Da weiß er es auf einmal: die Menschen. Und er hasst die Menschen.

Und der Sleeper steht langsam auf, legt den Munitionsgürtel über der Schlafanzughose an und nimmt die Pumpgun aus dem Schrank. Er wird in den Krieg ziehen für seinen Schlaf. Denn er will nicht viel. Er will einfach nur schlafen. Für immer. Augen zu und schlafen.

Marc-Uwe Kling

# GAME OVER

## (Babylon in Trümmern)

*»The troops based in Babylon are well aware of its historical significance.«*
*U.S. Military Spokesman*

Ketten rollen über dein altes Pflaster
erst die Tanks, dann die Tanklaster
und in den hängenden Gärten
hängen die Gefährten
von einst …
Ich versteh, was du meinst.
Das sind die Siege der Clearasil-Generation
über die Wiege der Zivilisa… Schon
Nebukadnezar hat in einem Erdloch gehaust,
hat verbraust
und versaust
uns hier die Stimmung!
Mit deinem: Ich hab's ja gleich gesagt …

Ja, ja. Kennste schon.
Done that. Been there. Babylon.
Turmbau, Knechtschaft, Sündenpfuhl.
»Boah! Haste gesehen, wie's den Kopf von dem Typ weggefetzt hat?«
»Krass.«
»Cool.«
Gewogen und für zu leicht befunden.
»Wenn Sie rechts aus dem Fenster blicken,
sehen Sie eine der sieben Weltwunden.«
Los, los, Shirley. Geh ans Mikro. Sing!
That it's all just a little bit of history repeating.

Do you want to continue?

Die fabelhafte Welt der Kopie

# DIE ENTSTEHUNG DER ARTEN

ZELLE

COPY

PAS
PASTE
PASTE PASTE
PASTE PASTE
PASTE PASTE PASTE
PASTE PASTE PASTE PASTE
PASTE PASTE PASTE
PASTE PASTE
PASTE
P

PASTE

PASTE

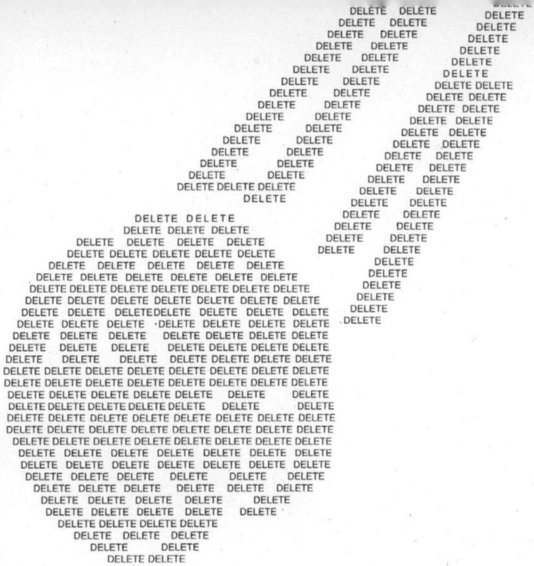
DELETE

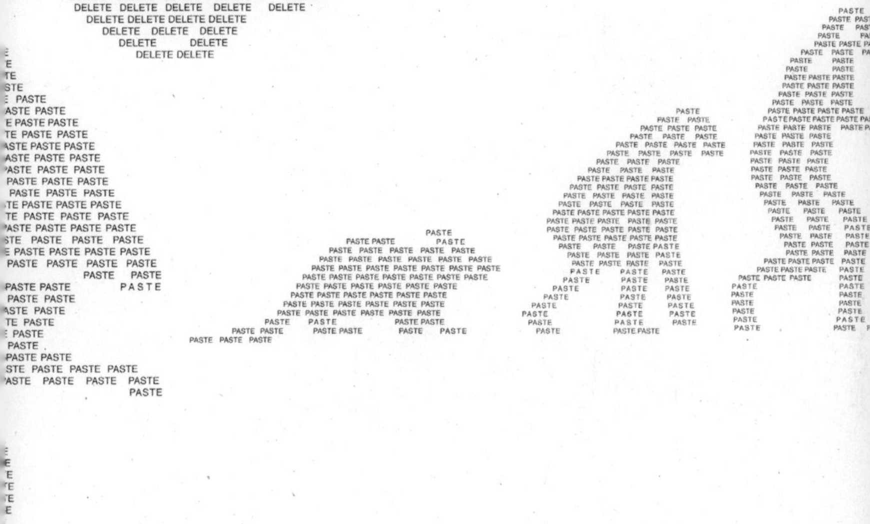
PASTE

PASTE

PASTE

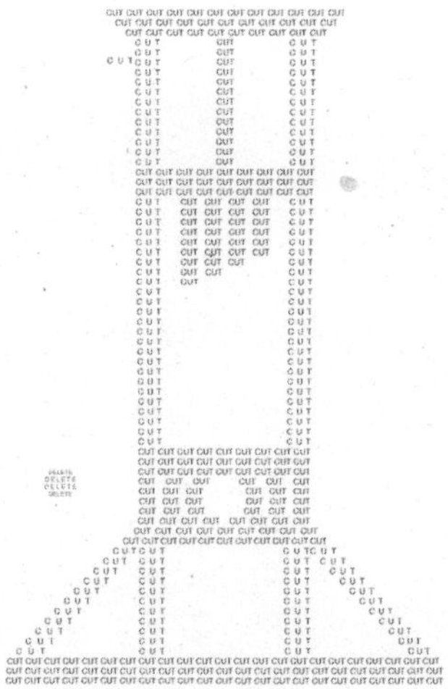
DELETE
CUT

PASTE

PASTE

DELETE
PASTE

PASTE
RIPPEN BRENNEN
CUT OUT

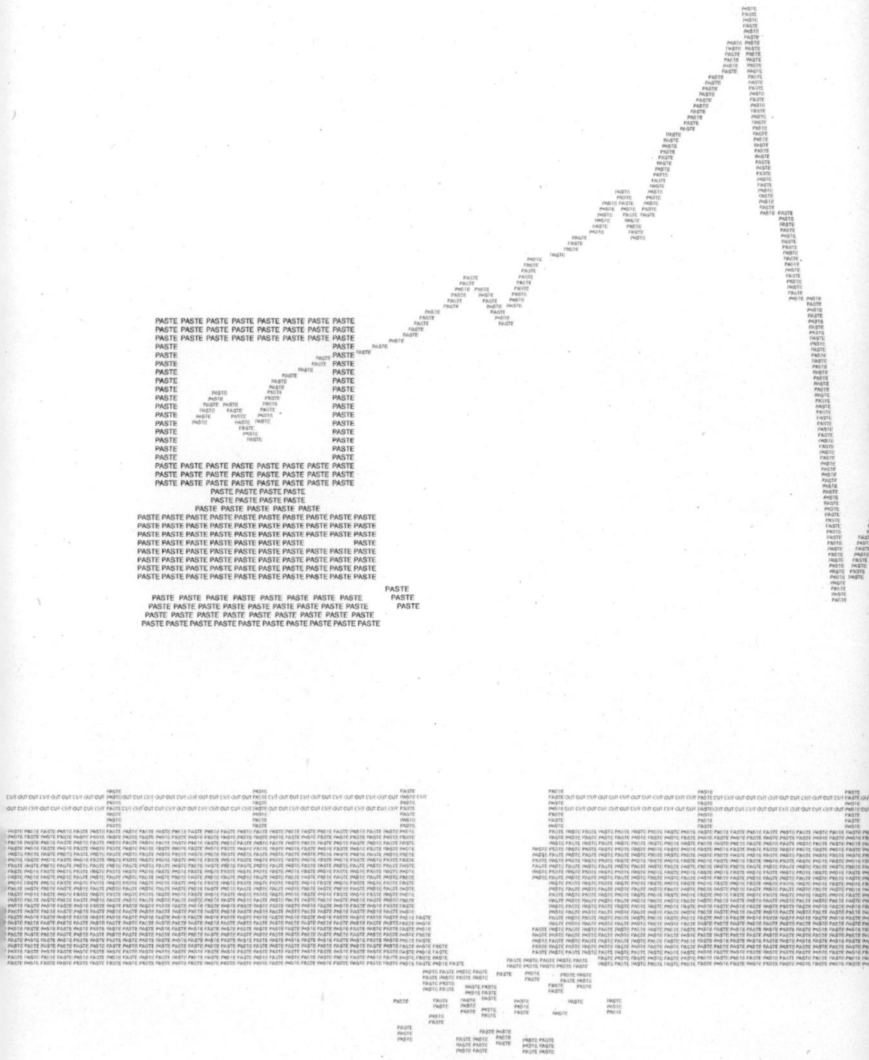
PASTE
CUT

And now for something completely different
Dieser Text hat ein Problem festgestellt und muss beendet werden.
OK

Sebastian Lehmann

## DAS M&H-MINISTERIUM

Es ist dunkel. Ich blinzle. Langsam wird es hell vor meinen Augen, und ich sehe ein Schild: Kottbusser Tor. Ich liege auf dem Boden des U-Bahnhofes Kottbusser Tor in Kreuzberg. Behutsam stehe ich auf. Neben mir steht eine Gruppe extrem cooler 14-jähriger Hip-Hop-Kinder, die sich Zigaretten anzünden. Sofort wird eine laute Durchsage auf dem U-Bahnhof eingespielt: »Bitte respektieren Sie das Rauchverbot auf den Bahnsteigen. Please respect the smokeforbid on the railroadsidewalk.«

»Ey, ficken, scheiße, ficken«, sagen die Hip-Hop-Kinder, drücken ihre Zigaretten in kleinen mitgebrachten Aschenbechern aus und entsorgen die Kippen ordnungsgemäß in einem Mülleimer. Dann nehmen sie alle eine Ausgabe des Buchs *Überwachen und Strafen* von Michel Foucault aus ihren riesigen Zelthosen und vertiefen sich in die Lektüre.

»Das kann doch nicht wahr sein«, rufe ich. »Woher wissen die Leute von der BVG denn sofort, dass hier geraucht wird, hier ist doch nirgends ein Mitarbeiter?«

»Uns wundert gar nichts mehr«, sagen die Hip-Hop-Kinder im Chor. Sie scheinen gar keine einzelnen Personen zu sein, wie ich erst dachte, sondern eine mehrköpfige Hydra.

»Die Überwachung mit Kameras nimmt immer groteskere Züge an«, ruft die Hip-Hop-Hydra. Sie zeigt auf eine Überwachungskamera, die an der Bahnhofsdecke hängt, die gleichzeitig von einer anderen Überwachungskamera gefilmt wird, die dann wieder von einer anderen Überwachungskamera gefilmt wird, und so weiter.[12]

»Mit dieser Kameraanordnung kann wirklich jeder Winkel des Bahnhofs beobachtet werden.«

---

12 Die Thematik der Kameraüberwachung wurde auch bei Kling: *Das Känguru-Manifest*. Berlin, Ullstein 2011 (S. 199 ff.) behandelt und ironisch zugespitzt vorgeführt. Die vorliegende Geschichte von mir wurde aber früher geschrieben. Mir gebührt also der Applaus! Anm. für meine Mutter.

»Aber die sind doch bestimmt alle gar nicht angeschlossen«, gebe ich zu bedenken.

»Das ist völlig egal«, ruft die Hip-Hop-Hydra. »Es gibt die permanente Möglichkeit, dass wir gesehen werden können, das genügt schon, um uns zu disziplinieren. ›Die Perfektion der Macht vermag ihre tatsächliche Ausübung überflüssig zu machen‹, sagt Foucault«, sagt die Hydra.

## HANDLUNGSLOCH[13]

Ich gehe zu dieser schwedischen Modekette, die ich der Diskretion halber mal M&H nennen will, um ein paar Kleider zu klauen. In der Umkleidekabine ziehe ich mir vierzehn T-Shirts, fünf Pullover, zehn Paar Socken, sieben Unterhosen, zwei Paar Handschuhe, fünf Jeans und einen Bikini für meine Freundin unter meinen eigenen Kleidern an und setze noch einen Hut auf. Als ich fertig bin, rolle ich mich aus der Umkleidekabine und will gerade den Laden verlassen, als eine Verkäuferin und drei Security-Typen auf mich zustürmen und mich brutal zu Boden werfen. Aber ich falle ja weich, wegen der ganzen Kleider, die ich anhabe.

»Sie wollten das alles klauen, was Sie anhaben«, sagt die Verkäuferin vorwurfsvoll.

»Woher wollen Sie das denn wissen?«, gebe ich zurück.

»Kommen Sie mit«, sagen die Verkäuferin und die drei Security-Typen im Chor. Sie scheinen gar keine einzelnen Personen zu sein, wie ich erst dachte, sondern eine mehrköpfige Hydra.

Sie geleiten mich in einen großen Raum zwischen den Umkleidekabinen. Erst jetzt kann ich die vollständige Struktur der Umkleidekabinen erkennen: Sie sind nämlich kreisrund um diesen Überwachungsraum angeordnet, in dem die

---

13 Handlungsloch, das (franz. l'action-trou): Logisch nicht erklärbarer und/oder völlig unmotivierter Sprung im Handlungsbogen. Man kennt diesen Kunstgriff aus Filmen. Zum Beispiel von Jason Statham.

Security-Hydra sitzt und in alle Kabinen hineinsehen kann. Der M&H ist in Wahrheit ein riesiges foucaultsches Umkleidekabinen-Panoptikum.

»Jetzt verstehe ich auch, wie Sie meine unauffällige Klauaktion so schnell und sicher überführen konnten«, sage ich anerkennend und beobachte einige Mädchen, die sich gerade in den Kabinen ausziehen. »Aber warum zeigen Sie mir das alles?«

»Sie wissen schon zu viel«, sagt die Security-Hydra. »Aber wir haben hier diesen Apparat.«

Sie hält mir ein kleines metallenes Ding vor die Nase. »Wenn das Licht aufleuchtet, dann haben Sie alles wieder vergessen.«

»Ach, das ist ja wie das Blitzdingsen bei *Men in Black*. Das kann doch gar nicht funktionieren«, rufe ich lachend.

## HANDLUNGSLOCH

Als ich wieder aufwache, liege ich auf dem U-Bahnhof vom Anfang des Textes. Alles ist dunkel. Ich blinzle. Langsam wird es hell vor meinen Augen, und ich sehe, dass die Hip-Hop-Hydra über mir kniet.

»Was ist passiert?«, fragt sie aufgeregt.

»Ich kann mich an nichts mehr erinnern«, sage ich und stehe auf. »Aber das ist nicht weiter schlimm, denn ich habe mich zum Glück auch selbst überwacht.« Ich hole ein Aufnahmegerät unter meinen Kleidern hervor. Ich muss lange suchen, denn ich trage seltsamerweise vierzehn T-Shirts und fünf Pullover übereinander.

Dann spiele ich die Aufnahme aus dem M&H ab. Als sie zu Ende ist, ruft die Hip-Hop-Hydra: »Das ist ja ein Skandal! Das Material müssen Sie sofort veröffentlichen.«

In diesem Moment fallen aber vierzig Überwachungskameras von der Decke und erschlagen die Hip-Hop-Hydra. Ich liege schwer verletzt und blutüberströmt daneben – unter unzähligen Kameras begraben. Die Kameras sind mit vielen Kabeln untereinander verbunden. Sie scheinen gar keine einzelnen Kameras zu sein, wie ich erst dachte, sondern eine mehrköpfige Hydra.

Ein Objektiv der Überwachungskamera-Hydra liegt direkt vor meinem Gesicht und starrt mich mit seinem mechanischen Auge an. Kurz bewegt sich surrend seine Überwachungspupille. Ich blinzle zurück. Dann wird es dunkel vor meinen Augen.

Maik Martschinkowsky

# PLAUSCHANGRIFF

14.36 Uhr
(Sachtes Klopfen auf das Überwachungsmikrophon)

»Ehm ... vierzehn Uhr fünfunddreißig. Ich gehe jetzt einkaufen. Sie wissen ja, wo. Bin so in 'ner halben Stunde wieder zurück.«

16.17 Uhr
(Klopfen auf das Überwachungsmikrophon)

»Da bin ich wieder. Hat ein bisschen länger gedauert. Bin noch mal hierhin und dahin, und dann war da so 'ne Frau an der Kasse, die unbeding... na ja, ist ja auch egal. Ich ... äh ... mache jetzt ein bisschen Sport.«

18.47 Uhr
(Abruptes Klopfen auf das Überwachungsmikrophon)

»So ... es ist achtzehn Uhr sechsundvierzig, ich bin frisch geduscht und fühle mich eigentlich ganz wohl. Ja. Ich dachte übrigens, ich könnte Ihnen auch mal das Du anbieten. Also: Ich bin Maik.«

20.01 Uhr
(Klopfen auf das Überwachungsmikrophon)

»So. Ich geh jetzt noch ein Bierchen trinken, mit 'nem Bekannten. Den kennen Sie ja sicherlich. Ehm ... ja, schönen Abend noch und bis später.«

0.27 Uhr
(Langsames Klopfen auf das Überwachungsmikrophon)

»Null Uhr ... sechsundzwanzig ... bin ein bisschen betrunken. Weiß nicht, ob ich schon schlafen kann, irgendwie ... Ich hab mich eben mit dem Bekannten darüber unterhalten, wie ... wie einsam man sich manchmal in so einer Großstadt fühlen kann. Das ist irgendwie ... Als ich letztens so durch den Regen nach Hause bin, musste ich dran denken, wie das früher war, als meine Mutter bis spätabends arbeiten musste. Da hat sie mir immer 'nen Teller mit Essen hingestellt, mit so 'nem Zettel daneben. Darauf stand: ›Hier, mein Lieber, lass es dir schmecken, im Kühlschrank sind noch Milchschnitten. Kuss, Mutti.‹ So was in der Art. Ich hab die Zettel irgendwann heimlich gesammelt, weil, wenn sie's sehr eilig hatte, hat sie's manchmal nicht geschafft, so 'nen Zettel zu schreiben ... Dann hab ich mir selbst einen ausgesucht und neben den Teller gelegt.
Ja, so war das damals ... na ja ... ich ... ich geh jetzt vielleicht doch schlafen, finden Sie nicht? Ehm ... ja ... Vielleicht mach ich Ihnen einfach noch 'n Hörspiel an. Was haben wir denn da ... Die Ästhetik des Widerstands ... Nee, ist 'n bisschen anstrengend auf Dauer ... Wie wär's mit ... Ah! Die drei Fragezeichen! Der unsichtbare Gegner.
Ja, dann ... viel Spaß und ... gute Nacht.«

4.04 Uhr
(Tastgeräusche neben und auf dem Überwachungsmikrophon)

»Äh ... kurz nach vier ... Ich hab irgendwas von Trollen geträumt, die hinter so Palisaden standen, und ich war ein Riese, der da reinwollte oder so ... ganz ... ganz wirr ... zumindest bin ich jetzt aufgewacht. Hab vergessen, mir Wasser ans Bett zu stellen ... das hol ich gerade ... ja ... also noch mal: Gute Nacht.«

11.05 Uhr
(Plötzliches Klopfen auf das Überwachungsmikrophon)

»Guten Morgen! - Tut mir leid, dass der Wecker eben so oft geklingelt hat, ich ... hab's einfach nicht rausgeschafft.
Der steht aber ja auch irgendwie ein bisschen ungünstig für Sie, der Wecker - vielleicht stell ich den mal woanders hin. So.
Äh ... ja. Ich geh dann mal zum Bäcker und Post holen. Ach so, elf Uhr vier - fünf!«

12.48 Uhr
(Klopfen auf das Überwachungsmikrophon)

»Zwölf Uhr siebenundvierzig. Tut mir leid, dass das Telefonat grad so anstrengend war. Ich ... ich weiß auch nicht, was das werden soll, mit dieser Helena. Bin mir einfach nicht ganz sicher, ob wir wirklich zueinander passen würden. - Sie können das bestimmt besser einschätzen als ich. Ich ... äh ... mache mir mal einen Tee.«

13.35 Uhr
(Klopfen auf das Überwachungsmikrophon)

»Hallo - ich bin's noch mal ... Haben Sie eigentlich die E-Mail von meiner Schwester ge-

lesen? Ich find das ja ein bisschen seltsam, was die da macht, mit dieser Gruppentherapie wegen der Beziehungskrise. Mir wäre das ziemlich unangenehm, vor all den Leuten. Na ja ... muss sie selber wissen.
Ich lese jetzt ein bisschen. Also, wenn ich die Dämonen durchhab, wollte ich mich mal an den Mann ohne Eigenschaften wagen. Soll ja 'n gutes Buch sein. - Hm. Ja. Bis später.«

14.43 Uhr
(Kurzes Klopfen auf das Überwachungsmikrophon)

»Ich hab uns doch lieber einen Film geholt. Das Leben der Anderen. Is so 'n Liebesfilm. Hab ich jetzt voll Lust, so Film essen und Thai gucken ... andersrum.
Ja, dann - Film ab!
Also ... ein Mann wird von einem anderen Mann in Uniform durch einen Gang geführt. Kalte Atmosphäre. Eine Tür wird geöffnet. Jetzt sieht man Ulrich Mühe hinter einem Schreibtisch sitzen, er trägt ebenfalls eine ...«

(Rest unverständlich)

17.09 Uhr
(Kurzes Klopfen auf das Überwachungsmikrophon)

»Ehm ... ich bin jetzt erst mal weg. Weiß ja nicht, ob Sie heute noch vorbeikommen, aber ... Also, der Schlüssel liegt zur Not unter der Matte, und ... im Kühlschrank sind auf jeden Fall noch Milchschnitten.«

Kolja Reichert

# ANKUNFT

Am Check-in des Flughafens Paris-Orly klebt ein Hinweis: »Käse mit einem Gewicht über 130 Gramm darf nicht mit an Bord genommen werden.«

»Scheiße«, sagen die deutschen Heimreisenden und werfen in Reihen den Käse, den sie für ihre Frauen, Freundinnen, Töchter und Geschäftspartner auf dem Markt in der Rue Mouffetard gekauft hatten, in bereitgestellte Eimer. Die Eimer werden dann zurück in die Rue Mouffetard geschafft und von neuem verkauft. Erst so, heißt es, entwickle sich das spezielle Aroma des französischen Käses.

»One piece?«, fragt die Frau hinter dem Schalter.

»Yes«, sage ich und hebe meinen Koffer auf das Förderband. Ich folge den Bewegungen ihrer über die Tastatur klappernden Finger.

»Entschuldigung. One question. I still miss the suitcase from my last flight. Do you know where he is?«

Die Frau guckt mich an, denkt kurz nach und schüttelt dann den Kopf. »No.«

»I also miss the suitcase from the flight before«, sage ich. »Do you know where he is?«

Die Frau guckt mich an. »Next passenger, please.«

»But could I maybe get a receipt that I gave my suitcase to you?«, frage ich. »Just in case …?«

»Next passenger, please.«

»Wie kann ich Sie glücklich machen?«, fragt die Stewardess und arretiert die Bremse des Snackwagens. Der Herr neben mir lächelt und sagt: »Ein Salamibaguette und ein Bier, bitte.«

»Macht sechsundzwanzig Euro«, sagt die Stewardess. Dann wendet sie sich mir zu: »Wie kann ich Sie glücklich machen?«

Ich frage: »Wie meinen Sie denn das, glücklich machen?«

Sie verzieht ihr Gesicht zu einem Lächeln, stößt dreimal ein Geräusch aus, das klingt wie das Echo, das zurücklacht, wenn jemand in eine riesige Kühlhalle voller stanniolverpackter Salamibaguettes hineinlacht, und sagt: »Wir haben Kaffee, Baguettes, diverse Snacks, Spielzeug …«

»Und was kostet das?«, frage ich.

»Der Kaffee kostet acht Euro, die Baguettes kosten sechzehn Euro, die Snacks kosten zwölf Euro, die kleinen orangefarbenen Spielzeugflugzeuge kosten vierzig Euro.«

»Gut«, sage ich. »Ich nehme ein kleines orangefarbenes Spielzeugflugzeug«, und als die Stewardess sich bückt, sage ich: »Ach nein, doch nicht.«

Am Fuß der Treppe, die mich vom Flugzeug auf den Boden von Berlin-Schönefeld geführt hat, warten zwei Frauen in gelben Sicherheitswesten und weisen Richtung Terminal auf die Tür, die ich nehmen soll. Am Terminal gibt es ungefähr zwölf Türen in unmittelbarer Nähe. Ich öffne eine. Sofort werde ich zu Boden geworfen. Vier gepanzerte Sicherheitsleute halten mich fest, ein fünfter richtet sein Maschinengewehr auf mein Gesicht. »Where do you want to go?«, bellt er.

»To the baggage claim, Sir«, antworte ich.

»Ah, I understand«, sagt der Mann freundlich, lässt das Gewehr sinken und streicht mir sanft über den Kopf. »Wrong door. This way.« Ich bedanke mich artig und nehme die Tür, die er mir zeigt. Sie liegt direkt neben der, die ich gewählt hatte, und sie führt in genau denselben Saal wie alle anderen elf Türen.

Dort folge ich den Wegweisern zur Gepäckausgabe eine Treppe hinauf, um die Ecke, dann noch eine Treppe hinauf, wieder eine Treppe hinunter, dann um die Ecke, eine Treppe hinunter, eine Treppe hinauf, eine Treppe hinunter und dann durch einen menschenleeren Flur, über dessen gesamte Länge quer gelbe Absperrbänder gespannt sind.

Schließlich stehe ich wieder in dem Saal, in dem ich einst das Terminal betrat und in den all die Fluggäste strömen, die ihren Weg noch vor sich haben.

Das gleichmäßige Rauschen und Flattern der Förderbänder füllt den Raum, durchmischt von müden, gedämpften Stimmen. Ich spüre einen Schmerz im linken Fuß und blicke ins Gesicht einer alten Dame, die bestürzt die Hand vom Griff ihres Gepäckwagens und vors Gesicht genommen hat. Sie sagt: »Entschuldigung, ich habe Sie mit meinem Gepäckwagen gerammt, es tut mir leid.« Dann schiebt die Dame ihren leeren Wagen ans andere Ende des Saals, dreht sich und schiebt ihn wieder zurück.

Das Förderband zieht seine Runden und fördert nichts als Leere. Die Blicke aller sind auf die langen schwarzen Gummilappen vor der Öffnung gerichtet.

Ich spüre einen Schmerz im linken Fuß, blicke auf und sehe die alte Dame, die sagt: »Entschuldigung, ich habe Sie mit meinem Gepäckwagen gerammt, es tut mir leid«, und ihren Wagen wieder hinaus in die Weite des Saales schiebt, gefolgt von ihrer silbrigen Haarpracht, die ihr feierlich nachweht wie eine Staubanemone.

Da geht ein Raunen durch die Runde. Die Lappen heben sich sanft, und – etwas Kleines kommt zum Vorschein. Es ist die Achse eines Rollkoffers, die sich von ihrer Last befreit hat und sich nun auf ihren windungsreichen Weg macht. Sie ist verbogen, die verwitterten Gummiräder ragen in die Höhe wie die Gliedmaßen eines schlafenden Murmeltiers.

»Sieh mal«, sagen die Menschen zueinander, zeigen darauf und lachen wie über ein Eisbärjunges im Zoo. Nach der elften Runde lacht niemand mehr. Man blickt betreten auf die Schuhe, Finger streichen dem Partner oder anderen Nebenstehenden nervös durchs Haar.

»Entschuldigung«, sagt die alte Dame, »ich habe Sie mit meinem Gepäckwa…«

Das Band bleibt stehen. Alle blicken sich fragend an.

Ich gebe mir einen Ruck und erklimme mit einem beherzten Schritt das Band.

»Jemand muss hineingehen und nachsehen«, verkünde ich. »Ich werde diese verantwortungsvolle Aufgabe übernehmen, mit der Entschlossenheit und der Kraft der Jugend.«

Mein Blick ist fest auf die schwarzen Gummilappen gerichtet, als ich mich vorgebeugt der Öffnung nähere, angetrieben vom rhythmischen Klatschen meiner Mitreisenden. Wie beim Übergang ins Außenbecken des Schwimmbads tauche ich unter dem Gummi hindurch und stehe schließlich in einem großen Raum mit gedämpftem Licht. Darin sitzt ein Orchester und spielt *Ich bin der Welt abhanden gekommen* von Gustav Mahler. Vor mir steht mein Koffer. Dahinter stehen die Koffer vergangener Flüge. Dahinter stapeln sich die Zeitungen, die mir in den letzten drei Monaten nicht geliefert worden sind. Obenauf liegt das Geburtstagspäckchen meiner Mutter, das die Post vor vier Jahren verschlampt hatte. Dahinter steht mein Mountainbike, das mir im Alter von fünfzehn Jahren gestohlen worden war. Dahinter liegt dieser eine bestimmte Legostein, der mir vor achtzehn Jahren gefehlt hatte, um mein Projekt einer gigantischen Überseefähre zu vollenden. Mit Tränen in den Augen hebe ich meinen Blick. In der Mitte des Raumes steht die Harfe meines Vaters, die ich im Alter von sechs Jahren auf dem Weg vom Instrumentenbauer versehentlich verloren hatte. Auf einem Tisch steht das Abendessen, das mir infolgedessen verwehrt worden war. Ich setze mich. Die Suppe … ist noch warm.

Mein Leben war kein leichtes gewesen, ich bekam nichts geschenkt. Doch hier, in der Gepäckausgabe des Flughafens Berlin-Schönefeld, wurde ich für alle Entbehrungen entlohnt. Manchmal muss man einfach nur hineingehen und nachsehen.

# ANHANG

# »EIN GEISTIGER TERROR-BRANDSTIFTER«

Für die Literaturzeitschrift TextBlatt begab sich die Journalistin Silke Müller-Säumelein nach Berlin, um den Autor und Liedermacher Marc-Uwe Kling zu treffen.

*Der Himmel ist grau, kein Sonnenstrahl ist zu sehen. Ich betrete den – wie für Berlin typisch – mit dem Charme des Heruntergekommenen spielenden Club Monarch durch einen ungekennzeichneten Treppenaufgang, in dem es leicht nach Urin riecht. Ich erkenne Marc-Uwe Kling zuerst an der Mütze. Er ballt seine Hand zu einer Faust und erklärt mir, dass ich dasselbe tun müsse, um dann mit meiner Faust seine Faust zu berühren. Ein urbanes Grußritual. Ich nehme auf einem Barhocker neben ihm Platz. Durch die großen Panoramafenster sieht man die Hochbahn vorbeifahren. Ich schalte mein Diktiergerät an.*

**TextBlatt:** Herr Kling. Die B.Z. titelte vorgestern in ihrem Kulturteil …
**Marc-Uwe Kling:** Ein Oxymoron.
**TB:** Wie bitte?
**MK:** »B.Z. Kultur.« Ein Oxymoron.
**TB:** Äh … Aha. Jedenfalls betitelte die B.Z. einen Artikel über ein Lied von Ihnen folgendermaßen: »Ist ein Mordaufruf Kunst, wenn er gesungen wird?« Sie haben daraufhin eine sehr kurze Presseerklärung abgegeben. Was stand da drin?
**MK:** Ja.

*Ich muss lachen.*

**TB:** Ahahaha. Wirklich sehr kurz. Die B.Z. spricht Ihnen in dem Artikel allerdings ab, dass das Lied Satire sei, und zitiert dazu die Satire-Definition von Schiller …
**MK:** Das ist bestimmt das erste Mal, dass Schiller in der B.Z. zitiert wurde.

*Ich muss lachen.*

**TB:** Ahahaha. Jedenfalls:

Schiller sagte: »Satire ist die Gegenüberstellung einer mangelbehafteten Wirklichkeit mit einem Ideal.« Und ich …

**MK:** Sehr aufschlussreich finde ich im Übrigen Folgendes: Wenn man »Satire« bei Wikipedia eingibt, kommt gleich dieses Schiller-Zitat.

**TB:** Nein!

**MK:** Doch!

**TB:** Oah!

**MK:** Nur falls Sie sich gewundert haben, wie Schiller seinen Weg in die B.Z. fand.

*Schon wieder muss ich lachen.*

**TB:** Ahahaha. Aber hier meine Frage …

**MK:** Da fällt mir ein Witz ein, den ich letztens gehört habe. Was lernt man im Grundstudium Journalistik? www.google.de. Und was lernt man im Hauptstudium? Steuerung C und Steuerung V.

**TB:** Nun. Humor ist Geschmackssache. Lieber Herr Kling …

**MK:** Nennen Sie mich doch Marc-Uwe …

**TB:** Lieber Herr Marc-Uwe …

**MK:** Einfach Marc-Uwe.

**TB:** Lieber Marc-Uwe. Reden wir nicht länger um den heißen Brei herum. Wollen Sie Josef Ackermann, seines Zeichens Vorstandsvorsitzender der Deutschen Bank, töten?

**MK:** Nein.

**TB:** Rufen Sie zum Mord an Josef Ackermann auf?

**MK:** Nein. Ich wünsche keinem Menschen auf der Welt, dass ihm Gewalt angetan wird, und ich mach da nicht mal für Bankdirektoren eine Ausnahme.

**TB:** Wie äh … Jetzt habe ich den Faden verloren.

*In seiner Nähe fällt es mir schwer, mich zu konzentrieren.*

**MK:** Wie kommt es dann, dass ein sowohl für seine Seriosität als auch für seine wahrheitsliebende Recherche, kurz gesagt für Qualitätsjournalismus bekanntes Springer-Blatt wie die B.Z. eben dies behauptet?

**TB:** Genau!

**MK:** Youtube.

**TB:** Youtube?

**MK:** Youtube.

**TB:** Äh … Aha. Wollen Sie das vielleicht näher erläutern?

**MK:** Irgendjemand hat ein Lied, welches ich vor langer Zeit in meinem ersten Soloprogramm gespielt habe, aufgezeichnet und via Youtube ins Internet gestellt.
Jahre später haben es dann Redakteure des sowohl für seine Seriosität als auch für seine wahrheitsliebende Recherche, kurz gesagt für Qualitätsjournalismus bekannten Springer-Blattes B.Z. beim Arbeiten eben dort gefunden.

*Beim Wort »Arbeiten« knickt Marc-Uwe seine beiden Zeige- und Ringfinger zweimal kurz ein und streckt sie wieder aus. Dadurch deutet er geschickt Gänsefüßchen an.*

**TB:** Aha. Aber in diesem Ihrem Lied da, äh, da rufen Sie doch, äh … da … Jetzt habe ich schon wieder den Faden verloren.
**MK:** Da rufe ich zum Mord an Josef Ackermann auf?
**TB:** Ja!
**MK:** Nein.
**TB:** Nein?
**MK:** Ich rufe in dem Lied dazu auf, das Wirtschaftssystem zu stürzen. Josef Ackermann hingegen wünsche ich, dass er noch viel länger lebt als zum Beispiel … das Wirtschaftssystem.

*Obwohl ich mir vorgenommen hatte, um nicht unprofessionell zu wirken, nicht mehr zu lachen, kann ich mich doch nicht beherrschen.*

**TB:** Ahahaha. Würden Sie also sagen, die B.Z. bezeichnet Sie in einem Kommentar zurecht als »geistigen Terror-Brandstifter« …
**MK:** Von der B.Z. kann ich mir kaum ein schmeichelhafteres Kompliment vorstellen. Ich habe das sofort auf meine Webseite gestellt. Auch interessant: Ein »geistiger Brandstifter« tut's nicht mehr. Es muss schon ein »Terror-Brandstifter« sein. Terror – die neue Vorsilbe für unfassbar Großes. Megabyte. Gigabyte. Terrorbyte.
**TB:** Der Kommentar endet mit einer Frage, die ich Ihnen jetzt direkt stellen möchte: »Oder wäre die RAF eine Musical-Truppe gewesen, hätte sie ihre Pamphlete vertont?«
**MK:** Da habe ich zuerst ein bisschen gerätselt, worauf

der Kommentator hinauswill. Aber der Gedankengang ist durchaus interessant. Hätte die RAF nämlich keine Anschläge begangen, sondern ihre Pamphlete vertont, dann wäre sie tatsächlich eine Musical-Truppe gewesen. Und das ist doch eine faszinierende Vorstellung. Man dachte lange: Zur RAF ist wirklich schon alles gesagt. Aber nein! Die B.Z. entdeckt noch mal eine ganz neue Facette am Thema. Das hätte genauso gut eine Musical-Truppe sein können. *Macht kaputt, was euch kaputtmacht! – Das Musical!* Jeden Abend im Friedrichstadt-Palast.

**TB:** Hatten Sie Kontakt mit der B.Z.?

**MK:** Ja. Ich habe dem Chefredakteur auf die Mailbox gesprochen und mit dem endgültigen Bruch mit dem Springer-Verlag gedroht, falls der Artikel erscheint.

**TB:** Wirklich?

**MK:** Nein. Wie dumm müsste man sein, um das zu tun. Ich glaube nicht, dass jemals jemand etwas so Dummes tun würde. In Wirklichkeit haben die mich angerufen und wollten ein Interview mit mir machen, und ich so: »Nein, danke. Ich musste in der Schule *Die verlorene Ehre der Katharina Blum* lesen«, und er so: »Was?«, und ich so: »Kannste ja mal bei Wikipedia eingeben.«

**TB:** Stattdessen interviewte die B.Z. den »Star-Anwalt« Krusty den Clown[14]. Der sagt: »Doch auch wenn es unter Kunstfreiheit fällt, ist es ein unverhohlener, nicht mehr ironischer Mordaufruf.«

**MK:** Wissen Sie, dass ich auch ein Lied geschrieben habe mit dem schönen Titel *Warum kommt meine Ironie nie durch*?

**TB:** Nein!

**MK:** Doch!

**TB:** Oah! Wollen Sie damit andeuten, die B.Z. hätte die zusammengegoogelten Zitate aus ihrem Kontext gerissen? Das klingt ja unerhört! Sie rufen also nicht zum Mord an Josef Ackermann auf?

**MK:** Nein.

**TB:** Warum denn nicht?

**MK:** Die Idee hinter dem Lied war eine ganz andere. Es ging mir darum, die Mordgelüste an Ackermann (oder ähn-

---

14 Name von der Redaktion geändert.

lichen Buhmännern), über die man vielerorts stolpert, so auf die Spitze zu treiben, dass einem das Lachen im Halse steckenbleibt, um in diesem Moment die verkürzte Kapitalismuskritik, die einzelne Personen (exemplarisch Josef Ackermann) verantwortlich macht, zu brechen und aufzuzeigen, dass die Probleme vielmehr systembedingt sind.

**TB:** Erklären Sie das auch so in Ihrem Programm?

**MK:** Ja, sicher. Ich erkläre alle meine Witze. Deshalb ist das Programm ja auch so verdammt witzig.

**TB:** War das jetzt ironisch gemeint?

*Hier seufzt Marc-Uwe. Ein sehr natürliches, nicht aufgesetztes Seufzen.*

**TB:** Vielleicht könnten wir ein Ironiezeichen ausmachen …

**MK:** Vielleicht das hier?

*Marc-Uwe Kling macht ein Victory-Zeichen. Ich muss lachen. Sicher eine Anspielung auf irgendwas.*

**TB:** Ahahaha. Sie rufen also wirklich, wirklich ganz sicher nicht zum Mord an Josef Ackermann auf?

**MK:** Nein. Es ist mir überdies schleierhaft, wie – rein formal gesprochen – ein Lied ohne Imperative einen Aufruf darstellen soll.

**TB:** War das Wort »schleierhaft« irgendwie als versteckte Anspielung auf die RAF zu verstehen?

*Ein sehr tiefer Seufzer ist die Antwort.*

**TB:** Halten Sie Josef Ackermann also für völlig unschuldig von der Öffentlichkeit verdammt?

**MK:** Nun ja … Ich möchte nur darauf hinweisen, dass die Probleme nicht einfach an seiner Person festzumachen sind. Vielmehr würde jeder, der Ackermanns Position einnehmen möchte, in einem enggesetzten Rahmen ähnlich handeln. Dies entbindet natürlich nicht von der Verantwortung dafür, sich diese Position ausgesucht zu haben.

**TB:** Wie meinen Sie das?

**MK:** Es gibt eben einige Berufe, bei denen es mir schwerfällt zu glauben, dass man dort Gutes bewirken kann. Papst oder B.Z.-Journalist zum Beispiel …

**TB:** Ahahaha. Zumindest rät »Star-Anwalt« Krusty der Clown von gerichtlichen Schritten gegen Sie ab. Er sagt: »Dieser Text ist so ein saudummes Gewäsch, dass man vielleicht besser sagt, ich kümmere mich nicht darum. Denn man gibt diesem Idioten dadurch eine Publizität, die er nicht verdient hat.« Nun muss ich Sie aber doch fragen, ob Sie diese Aussage nicht komisch finden im Hinblick auf die Tatsache, dass die B.Z. und »Star-Anwalt« Krusty der Clown eben jene von ihm verdammte Publizität erst hergestellt haben?

**MK:** Jetzt, wo Sie es erwähnen. Das ist in der Tat komisch.

**TB:** Aber irgendwie muss diese Boulevard-Soap doch weitergehen. Der »Star-Anwalt« Krusty der Clown bezeichnet Sie in der B.Z. als Depp, Idiot und saudumm. Haben vielleicht Sie vor, gerichtliche Schritte einzuleiten?

**MK:** Nein. Dadurch gäbe man ihm nur eine Publizität, die er nicht verdient hat.

**TB:** War das jetzt wieder iro…

*Marc-Uwe Kling macht ein Victory-Zeichen.*

**TB:** Noch eine letzte Frage, Herr Kling. Glauben Sie, dass der Hintergrund dieser Posse das Befeuern der widerwärtigen Apologetenmär von der angeblichen Pogromstimmung gegen Manager ist – deren so simpler wie offensichtlicher Sinn darin besteht, jedwede kritische Auseinandersetzung mit den Verantwortlichen der aktuellen Krise von vornherein zu diskreditieren? Oder glauben Sie gar, die Tatsache, dass die Deutsche Bank Großaktionär des Springer-Verlages ist, beeinflusse tendenziell die Berichterstatt…

**MK:** Na, hören Sie mal! Was stellen Sie denn da für Fragen? Sie sind ja eine geistige Terror-Brandstifterin! Mit so jemandem rede ich nicht!

**TB:** Ahahamuhmuhmuh!

*Da hat er mich zum Schluss noch einmal richtig zum Lachen gebracht. Ich balle zum Abschied meine Faust. Er berührt sie mit seiner. Dann spielt mir Marc-Uwe noch ein paar Zeilen aus seinem neuesten Lied vor. Er singt: »Hörst du mich, Josef, Josef Mustermann? Ich schwöre dir, Alter, wir kriegen dich noch dran. Die Frage ist nicht, ob. Die Frage ist nur, wann. Hörst du mich, Josef, Josef Mustermann? Und du machst dich lieber vom Muster dann. Hörst du mich, Josef, Josef Mustermann?« Noch als ich abends erschöpft in mein Bett sinke, wiegt mich seine Melodie sanft in den Schlaf. Ein Hit.*

Marc-Uwe Kling hat TextBlatt darum gebeten, am Ende des Interviews noch folgende Erklärung abgeben zu dürfen:

Liebe B.Z.-Redaktion,

natürlich halte ich die B.Z. nicht wirklich für ein Blatt, das sowohl für seine Seriosität als auch für seine wahrheitsliebende Recherche, kurz gesagt für Qualitätsjournalismus bekannt ist. Das war ironisch gemeint. Wenn nicht gar satirisch. Oder nach Schillers Definition eben die Gegenüberstellung einer mangelbehafteten Wirklichkeit mit einem Ideal.

Maik Martschinkowsky

# GEFAHR IM VOLLZUG

## Prolog

»Hallo, ich brauche einen sehr großen Koffer.«

»Wie groß genau?«

»So, dass ein Mensch reinpasst. In etwa meine Statur.«

»Äh ... aha. Sie wissen aber schon, dass der Frachtraum im Flugzeug nicht beheizt ist?«

»Nein, also – ich weiß, das klingt komisch, aber ist für eine Art Theaterstück.«

»Ach so, äh – ja, könnte schwierig werden. Das hier sind schon unsere größten.«

»Hm. Sehen wirklich nicht besonders groß aus.«

»Na ja ... in den hier passe ich rein. – Ich weiß, das klingt komisch, aber das habe ich schon ausprobiert.«

## Akt

Sebastian, Marc-Uwe, Kolja und ich kommen nach einer Probe aus dem Theater und ziehen die riesigen Koffer, in denen wir uns auf der Bühne verkriechen, hinter uns her.

»Ich hab keine Lust zu laufen«, sagt Sebastian.

»Dann geh doch in den Koffer«, sagt Kolja und grinst.

»Yeah!«, sag ich. »Und wenn wir dann in der Bahn sind, machen wir den Koffer auf, du springst raus und sagst: ›Nich erschrecken!‹«

»Guter Plan«, sagt Marc-Uwe, »könnte von mir sein.«

Sebastian schaut uns skeptisch an. Dann steigt er in den Koffer. Wir rollen ihn in Richtung U-Bahn. Das ist total witzig.

»Ich muss noch kurz zum Bäcker«, sagt Kolja. »Sebastian, soll ich dir was mitbringen? 'ne Brezel?«

Aus dem Koffer nuschelt es irgendwas über den Unterschied zwischen Brezel und Berliner Laugengebäck. Wir lassen es weiternuscheln und holen uns Brezeln. Anschließend tragen wir Sebastian behutsam die Treppen hinunter zur U-Bahn.

Kurz nachdem die Bahn losgefahren ist, öffnen wir den Reißverschluss und kichern.

Nichts passiert.

»Sebastian«, flüstere ich, »du kannst jetzt rauskommen.«

Nichts passiert.

»Sebastian, bist du eingeschlafen?«, fragt Marc-Uwe. »Quasi ein Schläfer?«

Wir kichern.

Nichts passiert.

Marc-Uwe hebt den Deckel ein bisschen an. Einige Drähte quellen uns entgegen. Entsetzt starren wir auf den Koffer.

»Bombe«, flüstert Kolja.

»Koffer«, sage ich.

»Terror«, sagt Marc-Uwe.

»Sebastian!!!«, rufen wir im Chor.

Plötzlich springt Kolja auf. »Fuck, wir müssen zurück! – Das muss passiert sein, als wir ihn vorm Bäcker haben stehenlassen!«

Die Bahn fährt gerade in die nächste Station ein, und ich stelle den Koffer vor einem türkischen Jungen ab, der mich verdutzt anschaut. »Hier, bring das besser zur Polizei«, sag ich, und wir springen raus. Auf halbem Weg macht Kolja noch einmal kehrt und ruft dem Jungen zu: »Auf keinen Fall den Roten!« – Dann hechten wir in die andere Bahn.

Wieder beim Bäcker angekommen, durchsuchen wir die ganze Gegend, können aber kein verdächtiges und mittlerweile vermutlich ziemlich schlechtgelauntes Gepäckstück finden.

Einige Minuten später stehen wir in einer Polizeiwache.

»Hallo!«, sag ich zu dem älteren Polizisten hinter dem Schalter. »Wir vermissen einen Koffer und haben einen anderen gefunden – in einem von beiden ist 'ne Bombe. Wenn ich es mir recht überlege – ich glaub, im anderen mittlerweile auch …«

Der Polizist lächelt uns väterlich an und setzt seine Nickelbrille auf. »Nu ma janz langsam mit de jungen Pferde. Eens nachm andern. Alter Mann ist doch keen D-Zuch. Ruhig weg. Keene Hektik … Also, wat war das Erste?«

»Wir vermissen einen Koffer«, sag ich.

Der Mann betrachtet uns skeptisch. Nach einer Weile sagt er: »Na, anne Friedrichstraße wurd 'n Koffer jefunden.«

»Ah, gut!«, sag ich. »Und wo ist der jetzt?«

»Na, immer mal janz ruhig mit de jungen Pferde. Der wird grad kontrolliert jesprengt.«

»Was!!!«, rufen wir entsetzt.

»Das können Sie nicht machen, da ist ein Mann drin!«

»Na, das überlassense mal den Spezialisten, die wissen schon, wat die können und wat nich ... Und wat hattense eben vonne Bombe jequasselt?«

»Ach so ... ja, die ist ... äh ... irgendwo ... in der U6 oder so ... Tschüs.« Wir rennen raus.

Ein paar Augenblicke später sitzen wir in der U6 Richtung Friedrichstraße.

»Sebastian«, murmelt Marc-Uwe und schüttelt den Kopf. »Kontrolliert gesprengt ... Ist ja nicht so, dass ich diesen Gedanken nicht auch schon gehabt hätte ... Aber das wär ja unter Freunden.«

An der Friedrichstraße ist alles weiträumig abgesperrt. Kolja streckt den Polizisten seinen Presseausweis entgegen und springt an ihnen vorbei. Dabei ruft er laut: »Pressepressepresse! – Ich bin wichtig!«, und deutet dann auf Marc-Uwe und mich: »Praktikanten!«

Diese Nummer funktioniert überraschend gut, bis Kolja plötzlich von einem riesigen Polizisten in Kampfmontur hochgehoben wird.

»Pressepressepresse!«, ruft Kolja, während er mit den Beinen in der Luft herumstrampelt. »Ich würde mir den Koffer gerne mal genauer angucken.«

»Gehnse hier weg, sonst könnse Ihr'n Pressewisch das nächste Mal anne Himmelspforte zeigen.«

Wir versuchen an dem Hünen vorbeizuschauen – in einem großen Kreis stehen Polizeiautos mit blinkenden Blaulichtern, dazwischen Absperrgitter. Unmengen Polizisten und Polizistinnen haben sich hinter Autos und geöffneten Türen verschanzt, über der Szenerie kreist ein Hubschrauber. In der Mitte steht ein einsamer Koffer – und atmet.

»Sieht ein bisschen so aus wie in diesem Film«, sagt Kolja, »›Der unmenschliche Ulk‹ oder so.«

»›Der unglaubliche Hulk‹«, raunt Marc-Uwe und verdreht die Augen.

Ich wende mich an den Polizisten: »Wenn Sie diesen Koffer sprengen, machen Sie sich zum Mörder. Wenn Sie ihn aufmachen – na ja … werden Sie vielleicht ein Opfer, aber …«

»Na, dann entscheid ick mir für Variante A«, sagt der Polizist und beginnt uns wegzuschieben.

»Halt! Halt!«, ruf ich. »Sie kennen doch Variante C noch gar nicht!«

»Die könnse in der Nachbereitung zu Protokoll geben.«

»Dann ist es doch zu spät!«

»Aber den korrekten Weg gegangen. – Und den gehnse jetz besser auch. Hier ist Gefahr im Vollzug.«

»Verzug«, sagt Marc-Uwe. »Sie meinen ›Gefahr im Verzug‹.«

Plötzlich kommt ein anderer Polizist, tippt dem Riesen auf die Schulter und deutet in den Kessel: Der Koffer ist umgefallen und ruckelt auf dem Boden hin und her.

Wir nutzen die Gelegenheit, preschen durch die Absperrung, öffnen den Reißverschluss und bringen uns in Sicherheit.

Sebastian purzelt heraus, streckt sich und schaut sich um. »Wasn los?«, fragt er verschlafen.

»Äh … nichts«, sag ich, »sind in ’ne Demo geraten. Passiert hier ja ständig. Kannst weiterschlafen.«

# Epilog

## 16-Jähriger mit Kofferbombe festgenommen

In Kreuzberg wurde ein 16-Jähriger mit Migrationshintergrund festgenommen, der versucht hatte, eine Kofferbombenattrappe an Beamten der Bundespolizei vorbeizuschmuggeln. Laut Aussagen der Behörden war er den Beamten aufgefallen, als er an sie herantrat und behauptete, in dem Koffer, den er mit sich führe, befände sich möglicherweise eine Bombe, ob sie ihm helfen könnten.
Der 16-Jährige wurde umgehend festgenommen und einem Haftrichter vorgeführt.
»Das war ein außerordentlicher Erfolg für die deutschen Sicherheitsbehörden und zeigt, dass die deutsche Polizei alle Gefahren im Griff hat«, sagte der Innenminister auf einer Pressekonferenz. »Wir verschlafen keine Schläfer. Denn wir haben ein wachsames Auge auf die Freiheit, die Demokratie und die Menschenrechte, aber auch auf die Freiheit!«

# Nachtrag

Ich wurde darauf aufmerksam gemacht, dass in meinen Texten sehr häufig männliche Gegenspieler in machtbesetzten Positionen auftauchen, welche über ein väterliches Auftreten und einen Pseudo-Berliner Dialekt verfügen. Das gab mir zu denken, weshalb ich meinem Psychoanalytiker davon erzählt habe. Der meinte: »Na, wat weeß ick, vielleicht probiernse damit irjendwat zu kompensiern!«

Julius Fischer

## BERUFUNG

Ich wache auf. Das Telefon klingelt.

Irgendetwas lässt mich stutzen. Also nicht wegen des Klingelns. Sondern wegen der Kombination:

1. Satz: Ich wache auf.

2. Satz: Das Telefon klingelt.

Das ist doch total falsch. Zumindest meistens. Man wacht doch nicht auf, und dann klingelt das Telefon. Also unmittelbar danach. Klar, wenn man um neun aufsteht, und um 17 Uhr klingelt das Telefon, darf man das sagen. Aber ansonsten nicht. Meist wacht man auf, weil das Telefon klingelt. So dürfte man das auch sagen:

Ich wache auf, weil das Telefon klingelt. Wenn man allerdings Hauptsatzfetischist ist, wäre die richtige Reihenfolge:

(Ich schlafe.) Das Telefon klingelt. Ich wache auf. Das Telefon klingelt. Also immer noch.

Manchmal bin ich echt pingelig.

Ein Germanist wäre noch pingeliger. Er würde jetzt sicherlich nach der Perspektive fragen. Wie kann der Ich-Erzähler, wenn er schläft, hören, dass das Telefon klingelt? Es müsste aus grammatikalischer Sicht auf jeden Fall mittels eines Kausalsatzes beschrieben werden, beziehungsweise die Formulierung »Ich schlafe. Ich wache auf. Das Telefon klingelt.« wäre auf jeden Fall richtig. Aber deshalb ist der Germanist ja auch Germanist und kein Künstler.

So.

Das Telefon klingelt. Marc-Uwe ist dran.

Er sagt: »Hallo, Julius, wie geht's dir? Wann ziehste nach Berlin?«

Das macht er immer. Als ob man in Leipzig nicht glücklich werden könnte.

»Niemals!«, rufe ich.

»Schade, dann wirst du pendeln müssen. Wir haben nämlich entschieden, dass du Kolja bei der Lesedüne ersetzen wirst.«

»Ach was, und was sagt Kolja dazu?«

»Der findet's gut, oder?«, sagt Marc-Uwe.
»Ich find's gut!«, sagt Kolja.
»Ich möchte nur darauf hinweisen, dass ich mit dem Modus Operandi der Entscheidung nicht einverstanden bin«, blökt eine Stimme von weiter hinten. Das ist Maik.
»Wieso? Ich habe euch gefragt, und ihr habt gesagt, ihr findet das gut«, sagt Marc-Uwe leicht genervt.
»Ja, aber wir haben nicht darüber diskutiert. Und nicht abgestimmt.«
Marc-Uwe rollt genervt mit den Augen. Also, ich kann das am Telefon nicht sehen, aber es klingt so.
»So, Kolja hört auf bei der Lesedüne. Darüber brauchen wir ja nicht abzustimmen.«
»Genau genommen ...«, versucht Maik anzumerken.
»Menschenrechte!«, sagt Kolja.
»Also, ich habe echt keine Lust mehr!«, sagt Sebastian.
»Wir sind uns eigentlich darüber einig, dass wir die Größe der Stammbesetzung nicht verändern wollen, aber wir können ja noch mal darüber abstimmen. Wer dafür ist, hebe die Faust.«
»Bin ich eigentlich stimmberechtigt?«, fragt Kolja.
»Nein«, sagt Sebastian.
»Mir egal«, sagt Marc-Uwe.
»Darüber sollten wir abstimmen!«, fordert Maik.
»Bin ich dafür dann stimmberechtigt?«, fragt Kolja.
»Wir sind doch eh alle dafür, außer Sebastian, der eigentlich auch dafür ist. Julius, ich ruf dich gleich noch mal an.«

Ich lege auf. Es ist sieben Uhr morgens. Es stellt sich mir die Frage, ob sie so früh anrufen, weil sie die ganze Nacht diskutiert haben – das würde Sebastians müde Reaktion erklären. Oder weil sie sich so früh getroffen haben. Beides ist denkbar. Beides macht mir Angst.

Das Telefon klingelt. Ich wache auf. Habe ich geschlafen?
»Hallo, Julius, noch mal Marc-Uwe, also, wir haben das jetzt geklärt. Du bist dabei.«

»Inoffiziell!«, moniert Maik.

»Aber wir sind doch eh alle dafür, außer Sebastian, und der ist auch dafür.«

»Jede Gesellschaft, selbst die kleinste, braucht Normen und Regeln.«

»Ich hatte mal 'nen Freund, Norman, der hatte auch Regeln«, versuche ich die Situation zu entkrampfen.

»Witzig!«, sagt Sebastian.

Marc-Uwe schnauft.

»Meinetwegen stimmen wir eben noch einmal darüber ab, ob Julius das neue Mitglied der Lesedüne sein wird.«

»Darf ich wenigstens dabei mit abstimmen?«, lässt sich Kolja leise im Hintergrund vernehmen.

»Nein«, sagen Sebastian und Marc-Uwe.

»Abstimmung!«, schreit Maik.

»Ich ruf dich gleich noch mal an«, sagt Marc-Uwe.

Ich lege auf. Es ist neun Uhr. Ich bin leicht überfordert und fühle mich unvorbereitet. Ich nehme mir das *Kapital* von Marx und überfliege es. Schlafe über der Lektüre ein. In meinem Traum geht es um Flughäfen. Dass alle Passagiere auf ihre Koffer warten, aber keine Koffer erscheinen und ich deshalb Hals über Kopf in den Gepäckschacht klettere.

Ich wache auf. Das Telefon klingelt.

»Hallo?«, murmele ich schläfrig.

Man hört ein kurzes Rascheln, dann ein Flüstern:

»Julius?«

»Ja!«

»Hier ist Maik. Ich muss doch jetzt noch mal an dich appelli…«

Plötzlich höre ich Marc-Uwes Stimme: »Sag mal, Maik, was machst du denn in meiner Vorratskammer?«

»Nichts. Was … ich wollte … äh … ich habe nach Wanzen gesucht. Heutzutage muss man vorsichtig sein!«

Ich lege auf. Zwölf Uhr mittags.

Ich schlafe sofort wieder ein. So eine Art Nagetierstarre. So bin ich auch schon durchs Studium gekommen, fast. Und hab mich um den Putzdienst in der WG gedrückt. Kann ich allen nur raten. Wenn jemand was Unangenehmes von einem will, einfach steif werden und umfallen.

Das Telefon klingelt. Ich kann mich nicht bewegen. Immer noch die Starre. Wenn man darin nicht geübt ist, muss man warten, bis es von selbst aufhört.

Das Telefon klingelt. Immer noch. Eine Minute lang. Fünf Minuten. Kein Anrufbeantworter. Hate!

Ich singe im Kopf alle Kadenzen auf den Grundton. Bin mittlerweile beim hohen A.

Zehn Minuten. Ich … kann mich wieder rühren, springe zum Telefon.

»Hallo!«, rufe ich.

Aufgelegt.

Ich schlafe ein. Völlig erschöpft.

Ich wache auf. Das Telefon klingelt. Es ist fünf Uhr.

»Hey, Julius, Marc-Uwe hier. Nachdem wir darüber abgestimmt haben, ob es klug ist, dich zum jetzigen Zeitpunkt schon anzurufen …«

»Ich halte es nach wie vor für …«

Maik scheint von irgendjemandem am Sprechen gehindert zu werden.

»Hier mal der aktuelle Stand«, sagt Marc-Uwe. Er klingt so, als würde er jemanden am Sprechen hindern.

»Nach vielem Hin und Her haben sich im Laufe der letzten acht Stunden mehrere Splitterbühnen gegründet. Maiks Lesebühne für mehr Demokratie, Freiheit, Menschenrechte …«

»Aber auch Demokratie!«, ruft Maik.

»Dann meine Lesebühne der schnellen Entscheidungen und der Repression.«

»Mmmmmm-mmm-mm!«, sagt Maik.

»Sebastian hat mit Kolja eine Lesebühne in Schöneberg gegründet.«

»Tiergarten!«, ruft Sebastian.

»Genau: die Lesebühne ›Tiergarten‹ in Schöneberg. Außerdem mit Maik die Lesebühne ›Egal ist, wenn man's trotzdem macht‹

in Friedrichshain und, weil's so schön ist in Birkenwerder, mit mir die Lesebühne: ›Deine Mutter!‹«, sagt Sebastian, äh, Marc-Uwe, »und selbstverständlich gibt es auch noch die Lesedüne an sich. Gerade diskutieren wir darüber, in welcher Reihenfolge unsere Namen genannt werden sollen.«

»Wir diskutieren, ob wir darüber diskutieren«, sagt Maik. »Bekenne dich doch mal zur Basisdemokratie. Nicht immer nur schnell, schnell!«

»Wo ist eigentlich Kolja?«, fragt Sebastian.

»Der is nebenan am Schreiben, hat heute Abgabetermin.«

»Worüber schreibt er denn?«, will Sebastian wissen.

»Frag ihn doch selber, schließlich ist er in deiner Lesebühne!«, sagt Marc-Uwe.

»Wer hat denn damit angefangen?«, mischt sich Maik ein.

»Könnten wir ja mal drüber diskutieren!«, sagt Marc-Uwe.

»Ich will schlafen!«, sagt Sebastian.

Ich gebe auf.

Ich lege auf.

Es klingelt. Ich mache auf. Draußen steht ein Känguru.

»Guten Tag«, sagt das Känguru.

»Genau genommen müsste es eigentlich ›Guten Abend‹ heißen.«

Manchmal bin ich echt pingelig.

»Aber davon mal abgesehen: Was kann ich denn für dich tun?«

»Du kennst doch Marc-Uwe, oder?«

»Ja.«

»In letzter Zeit hängen ständig seine Kumpels von der Lesedüne bei uns rum. Diskutieren die ganze Nacht, essen mir meine Schnapspralinen weg, meine Mao-Bibel ist auch schon total zerlesen.«

»Und, was habe ich damit zu tun?«

»Dein Name, wie war der noch gleich?«

»Ähm«, sage ich und versuche, die riesige Collage mit den Namen unserer WG-Bewohner in Glitzerstiftschrift, die an der Wohnungstür hängt, durch simuliertes »Gähn-Strecken« zu verdecken.

»Sebastian?«

»Du bist Julius, stimmt's?«

»Ja«, gebe ich zerknirscht zu.

»Sag ich doch«, sagt es und hüpft an mir vorbei.

»Schon mal was von Privateigentum gehört?«

»Nicht wirklich!«, trällert es und stellt Nippes aus seinem Beutel auf das Schuhregal.

»Was hast du vor?«

»Ich ziehe hier ein.«

»Aber das ist eine WG, das muss ich erst ...«

»Wenn ich noch einmal die Worte Abstimmung und Diskussion höre, singe ich die Internationale, bis mir die Lunge platzt.«

»Aber warum hier? Was habe ich damit zu tun?«

»Was meinst du, warum ich deinen Namen und deine Adresse kenne?«

»Von Marc-Uwe?«

»Nein, vom KGB, aber das ist eine andere Geschichte. Ich ziehe hier ein, weil ich wegen dir bei Marc-Uwe ausziehen musste.«

»Das ist so nich ganz richtig ...«, setze ich an, aber das Känguru hebt nur drohend die Fäuste.

Dann sitzen wir rum. Das Känguru blättert gelangweilt in einem Stapel meiner Texte.

»Deine Texte sind alle zu lang«, sagt es. »Und nie passiert irgendwas Aufregendes. Stattdessen Gedankenexperimente und Sätze, die selbst Thomas Mann als zu umständlich bezeichnen würde.«

»Wie wäre es damit?«, hebe ich an. »Ich springe auf. Reiße Känguru Kopf ab. Tot!«

»Na ja!«, sagt das Känguru. »Stilistisch nicht unbedingt was Neues.«

»Meinste nicht auch, dass gerade das zur Lesedüne paste?«, frage ich.

»Copy that«, sagt das Känguru. »Außerdem wäre ich eh viel schneller gewesen als du.«

Wir lachen.

Wir schweigen.

»Willst du hier wirklich einziehen?«, flüstere ich in die Stille hinein.

»Wonach sieht's denn aus?«, lächelt das Känguru. Es streckt die Beine aus.

»Ach, es ist ein bequemes Sofa.«

Ich raste aus.

Das Telefon klingelt.

Mittlerweile ist es halb zehn Uhr abends. Geht schnell vorbei, so ein Tag.

Marc-Uwe.

»Hey, Julius, ich wollte nur sagen, du bist jetzt dabei. Allerdings nur noch du, wir anderen haben keine Lust mehr.«

# BIOGRAPHIEN

# Sebastian Lehmann

**Sebastian Lehmann** (* 1982 als **Sebastian Lopèz** in Madrid) ist ein deutscher Kleinkünstler und Schriftsteller.

**Inhaltsverzeichnis** [Verbergen]

1 Leben
2 Auszeichnungen
3 Veröffentlichungen
4 Weblinks

## **Leben** [Bearbeiten]

Als Sohn eines chilenischen Diplomaten und einer portugiesischen Fado-Sängerin aus hygienischen Gründen zur Adoption freigegeben, verbrachte er seine Kindheit und Jugend bei seinen Zieheltern im beschaulichen Schwarzwald, wo er bereits früh begann zu schrumpfen. Nach dem Abitur machte er ausgedehnte Reisen durch die Antarktis und den Prenzlauer Berg. Die auf diesen Reisen gemachten Erfahrungen fanden ihren Platz in dem Fotoroman *Nicht jeder kann über den Tellerrand schauen* (1998).
Er studierte.
Lehmann, Gründungsmitglied der Lesedüne und geistiger pater familias in spe, ist als Verfasser von mindestens 18.000 Wikipedia-Einträgen ein vielbeschäftigter Mann. In seinem Buch *Sebastian – Das Leben ist auch nur ein Schluck aus der Flasche der Geschichte* (2011) beschreibt er eindrücklich den Spagat zwischen dieser Arbeit und seinem Teilzeitjob als Mitarbeiter eines Sicherheitsdienstes.
Lehmann ist darüber hinaus Bürgermeister der siebenbürgischen Stadt Tschauniauo, wo er auch lebt und arbeitet.
Zusammen mit seiner Frau, dem tschetschenischen Model Aljena Srbrmskumunova, veröffentlichte er 2005 und 2008 einen literarischen Wanderführer durch das Schwarze Meer mit dem Titel *Wer schwimmen kann, ist klar im Vorteil.*
Für dieses Buch erhielt er den Reinhold-Messner-Preis für nachhaltiges Kraulen.

Lehmann ist mit dem Stamme der Sioux verfeindet.

**Auszeichnungen** [Bearbeiten]

**1984**
- Gewinner des Topfschlagens im Rahmen von Manuel Schmitz' Kindergeburtstag
- Kindergartenplatz

**1990**
- Zweiter bei der Mathe-Olympiade Breisgau

**2008**
- Reinhold-Messner-Preis für nachhaltiges Kraulen

**Veröffentlichungen** [Bearbeiten]

- Wer lebt, ist nicht tot (Kurzprosa)
- Warum? Fragen und wie man sie richtig stellt (ein kurzer Ratgeber für Spätentwickler)
- Wer von euch ist noch mal der Vorleseonkel? (Geschichten für die ganz Kleinen)
- Hass!Hass!Hass! – Wie Marc-Uwe Kling mir meine Eltern stahl!

**Weblinks** [Bearbeiten]

- Offizieller Web-Auftritt von Sebastian Lehmann
- *Ich schreib für Wikipedia* – wöchentliche Kolumne bei chrismon.net
- *Die Möglichkeiten eines Zwerges* als Audiobeitrag, Deutschlandradio Kultur vom 25.11.2010

**Normdaten:** PND: 123456789X | Wikipedia-Personeninfo

Kategorien: kleinwüchsig | Marc-Uwe Kling | wikipedia | Schriftsteller | Deutscher | 1982 | Mann

**Marc-Uwe Kling**, Geburtsort und Alter unbekannt, da zu privat, im Interview.

*Herr Kling, wie würden Sie selbst bezeichnen, was sie machen: Comedy oder Kabarett?*
Kling: Darüber möchte ich nicht sprechen.

*Wer sind Ihre Vorbilder?*
Kling: Diese Frage ist mir zu intim.

*In Ihren Büchern geht es ja um ein kommunistisches Känguru …*
Kling: Dazu kann ich nichts sagen.

*Wie kommen Sie auf Ihre Ideen?*
Kling: Kein Kommentar.

*Sie sind ja ein überaus erfolgreicher Kleinkünstler, aber eigentlich kommen Sie aus dem Poetry-Slam. Können Sie uns diese Art des Vortragswettbewerbs einmal genauer erklären?*
Kling: (Schnarchgeräusche)

*Herr Kling?*
Kling: Zu privat.

*Sie haben ja kürzlich den deutschen Kleinkunstpreis in der Kategorie Kleinkunst für Ihr neues Bühnenprogramm* Das Känguru-Manifest 3D *gewonnen …*
Kling: Davon weiß ich nichts.

*Ihr Kollege Sebastian Lehmann ist inzwischen ja auch sehr erfolgreich. Wie stehen Sie dazu?*
Kling: Ich kenne keinen Sebastian Lehmann.

*Aber das bin doch ich …*
Kling: Ich kenne Sie nicht.

*Meine Mutter ist ein großer Fan von Ihnen.*
Kling: Meine Mutter ist auch ein großer Fan von mir.

*Herr Kling, warum sind Sie immer so gemein zu mir?*
Kling: Jetzt reißen Sie sich mal zusammen. Außerdem sehen wir uns heute doch zum ersten Mal.

*Immer diese Zurückweisung, ich halte das nicht mehr aus.*
Kling: Mir ist gerade wieder ein falsch zugeordnetes Zitat eingefallen: »Wenn die Sonne der Kultur niedrig steht, werfen selbst Zwerge lange Schatten.« Sebastian Lehmann

*Das ist so gemein.*
Kling: Du hast noch gar nicht gefragt, ob man vom Vorlesen leben kann?

*Kann man davon leben?*
Kling: Du wahrscheinlich nicht …

*Es ist immer das Gleiche, immer hackst du auf mir rum. Jetzt habe ich wirklich keine Lust mehr …*
Kling: Soll ich dir jetzt noch mein Buch signieren, damit du es deiner Mutter schenken kannst?

*Ja bitte, das wäre nett.*

**Maik Martschinkowsky**, geb. 1981.

**Kolja Reichert**, geboren vermutlich 1982 als Sohn eines Hamburger Kondensmilch-Herstellers. Schon früh entschied sich Reichert für eine Karriere als Modeschöpfer und prägte einen Stil, der als dekonstruktivistischer Maximalismus in die Annalen der Modewelt einging. Nachdem er die Modewelt revolutioniert hatte, machte er sich auf, auch das deutsche Sprechtheater zu revolutionieren, und landete mit dem postpräkafkaesken Theaterstück *Die Welt* große Erfolge auf den Bühnen Deutschlands. Die Fortsetzung *Die Welt am Sonntag* wurde schließlich zu seinem größten Triumph, und Reichert wandte sich einem neuen Betätigungsfeld zu: dem Dressurreiten. Mit seinem vollblütigen Hannoveraner *Springer* gewann er die renommiertesten Reitturniere auf der ganzen Welt. Nachdem er damit zum dritten Mal irgendwas revolutioniert hatte, entsagte Reichert allen materiellen Dingen (außer Geld) und wurde Schamane nahe des Kivusees im Ostkongo. Seitdem fehlt jede Spur von ihm. Allerdings gibt es auch Berichte, dass er eigentlich ein bürgerliches Leben als Privatier in einer Gated Community in Frankfurt/Oder führt.

Julius Fischer
Hauptstraße 1
PLZ Leipzig
**Telefon: 5551234567**
**E-Mail: goodbye@noreply.de**

Lesedüne **GmbH**
**Herr/Frau Ansprechpartner**
**Beispielstraße 1**
**PLZ Beispielstadt**

**Musterstadt,** 23. Mai 2010

**Sehr geehrte(r) Herr/Frau Ansprechpartner,**

**über die Internetpräsenz der** Lesedüne **habe ich erfahren, dass Sie im Jahr 2010 Ausbildungsplätze für angehende Bankkaufleute zu vergeben haben. Da ich mich sehr für das Kaufmännische wie z. B. die Finanzanlage oder das Kreditwesen interessiere, möchte ich mich hiermit um die Ausbildungsstelle bewerben.**

Mein Name ist Julius Fischer. Ich wurde circa 1995 **geboren in [Geburtsort eintragen]. Ich bin flexibel, belastbar, innovativ, kreativ, teamfähig, begeisterungsfähig und kreativ.** Von 2006 bis 2008 absolvierte ich ein unbezahltes Praktikum beim Verein »Sympathische Sachsen« (SS). Diese Position hatte ich inne, bis die Döbelner Allgemeine Zeitung aufdeckte, dass der Verein bis auf ein einziges Mitglied nur aus V-Leuten des thüringischen Verfassungsschutzes bestand. Daraufhin beschloss ich, mich von Praktika abzuwenden, und wurde Kunst-Rapper. Mein Debütalbum *Fear and loathing in Leipzig* wurde 2009 zu Recht von der Lausitzer Rundschau als

Meilenstein für die Westsächsische-Hardcore-Rap-Szene gefeiert. Mit meinem Team »Totale Zerstörung« werde ich versuchen, nächstes Jahr die deutschsprachigen Meisterschaften im Niedlichgucken zu gewinnen. Auch habe ich einen Krimi aus der Perspektive eines Katzendetektivs geschrieben. Dieses Werk betitelte der Verlag: *Ich will wie meine Katze riechen.*

***Ich bin mir sicher, dass ich durch meine offene, kontaktfreudige Art gut in Ihr Unternehmen hineinpassen werde. Meine Aufgeschlossenheit und mein Verantwortungsbewusstsein konnte ich bisher bei der Leitung von zwei Nachhilfegruppen an der Gesamtschule in Beispielstadt unter Beweis stellen. Im Mai 2010 werde ich das Gymnasium mit dem Abitur abschließen.***

**Die angebotene Stelle könnte ich zum [Datum eintragen] antreten.** Das Jobcenter zwingt mich, diese Bewerbungen zu schreiben. Ich würde mich sehr darüber freuen, wenn Sie mich nicht einladen.

**Mit freundlichen Grüßen**

**Julius Fischer**

# INHALT

Vorrede zur deutschen Ausgabe 7

Maik Martschinkowsky: *Freude, schöner Götterfunken* 8
Julius Fischer: *Ich werde verfolgt* 12
Sebastian Lehmann: *Die Zeit* 16
Marc-Uwe Kling: *Die Hydra* 20
Kolja Reichert: *Probanden* 24
Sebastian Lehmann: *Meine Jugendkulturen 1–3* 28
Julius Fischer: *Der Outdoor-Autor* 31
Marc-Uwe Kling: *Lost* 36
Sebastian Lehmann: *Sebastian, das ist doch witzig* 39
Maik Martschinkowsky: *Ocean's π* 42
Kolja Reichert: *Hast du auch was von Paul Kalkbrenner?* 44
Julius Fischer: *Platonisches Plaudern mit philosophierendem Proll 1* 48
Sebastian Lehmann: *Meine Jugendkulturen 4–5* 50
Maik Martschinkowsky: *Razzia* 52
Kolja Reichert: *Linien* 56
Marc-Uwe Kling: *Wunschzettel* 60
Sebastian Lehmann: *Weihnachtsgeschenke für die Eltern* 66
Kolja Reichert: *Frau Schauinsland hat …* 69
Julius Fischer: *»Ich schätze vor allem ihre Mütter«* 72
Kolja Reichert: *Nach Hause* 77

*Die Mitte*

Maik Martschinkowsky: *Die Mittelstandsbeschimpfung* 82
Marc-Uwe Kling: *Der Tod des Marquis de Camembert* 86
Sebastian Lehmann: *Meine Jugendkulturen 6–7* 91
Julius Fischer: *Platonisches Plaudern mit philosophierendem Proll 2* 94
Sebastian Lehmann: *Schlafen* 98
Marc-Uwe Kling: *GAME OVER (Babylon in Trümmern)* 101

*Die fabelhafte Welt der Kopie* 102

Sebastian Lehmann: *Das M&H-Ministerium* 116
Maik Martschinkowsky: *Plauschangriff* 120
Kolja Reichert: *Ankunft* 124

Anhang 129
Marc-Uwe Kling: *»Ein geistiger Terror-Brandstifter«* 130
Maik Martschinkowsky: *Gefahr im Vollzug* 137
Julius Fischer: *Berufung* 142
Biographien 149

## Editorische Notiz

Der vorliegenden ungekürzten Ausgabe liegt die berühmte Übersetzung von Ludwig Tieck (1773–1853) zugrunde, die erstmals 1799–1801 in Berlin erschien.